PLUS FORT
QUE LA POLICE

Du même auteur, dans la même collection :

500 000 EUROS D'ARGENT DE POCHE
29 FÉVRIER

PLUS FORT QUE LA POLICE

RÉMI STEFANI

RAGEOT

À Colette.

Une première version de ce roman
a paru en 2003 chez Lito
sous le titre *La planque*.

Cet ouvrage a été imprimé sur un papier
issu de forêts gérées durablement,
de sources contrôlées.

Certifié PEFC
Ce produit est issu de forêts gérées durablement et de sources contrôlées.
PEFC™ 10-31-2772
pefc-france.org

IMPRIM'VERT
Votre imprimeur agit pour l'environnement

Couverture de Vincent Dutrait.

ISBN 978-2-7002-3922-5
ISSN 1766-3016

1

Quand je suis rentré du collège ce soir-là, il y avait une voiture de police garée devant la maison. Et un flic qui attendait debout, appuyé sur le dessus de la portière entrouverte. Immédiatement, j'ai pensé qu'un policier dehors, ça signifiait qu'à tous les coups deux autres au moins étaient dedans. Chez moi. Qu'est-ce qu'ils nous voulaient encore ? C'était à propos de papa ou est-ce que maman avait refait des siennes ?

Je me suis plaqué contre l'arbre, le gros au coin de la rue, celui où « LAURA TÊTE DE RAT » est gravé en énorme sur le tronc, et j'ai attendu.

Ça n'a pas été long. Deux types sont sortis de la maison, avec maman entre eux. Pas contente maman. Ils étaient obligés de la tenir, chacun par un bras. Elle criait, fort, que ça ne se passerait pas comme ça, qu'ils n'avaient pas le droit, que c'était une honte. On devait l'entendre à cent mètres. Après ça, il ne faut pas s'étonner si personne ne nous parle plus dans le quartier.

Ils l'ont poussée à l'arrière de la voiture et ils ont bien passé cinq minutes à discuter, dehors. Finalement, le plus petit est monté à côté de maman, le flic en uniforme s'est mis au volant et il a démarré. Le dernier des trois, un grand avec un blouson de cuir, un jean et des Converse à bandes orange, est resté. Pour m'attendre, sans doute. Je ne vois pas une autre raison, vu que, désormais, il n'y avait plus personne à la maison.

Je ne vous ai pas précisé que papa, il n'est plus là depuis longtemps. Lui, c'est une autre histoire. Ça s'est passé l'année dernière, au moment de mon entrée en sixième. Un soir, il est arrivé avec des copains, ils se sont enfermés dans la cuisine. Maman hurlait parce qu'elle ne pouvait pas faire à manger. Il est sorti, il lui a conseillé de la « mettre en veilleuse » sinon ça allait « tourner vinaigre » et puis il est retourné avec ses amis. On se demandait ce qu'ils fabriquaient, là-dedans.

Quinze jours après, on a compris.

Ils venaient de se faire arrêter en sortant d'un hypermarché. Faut dire que papa avait un passe-montagne sur la tête, un sac de billets dans une main et un pistolet dans l'autre. Le pistolet était en plastique mais pas les billets.

Comme il me le répète à chacune de mes visites, trois ans de prison, c'est vite passé. Tu parles ! Ce n'est pas lui qui doit raconter que son père est en vacances ou en voyage, loin et pour très longtemps. Je peux vous l'assurer, moi, trois ans, ça paraît interminable.

Le grand flic en blouson a regardé sa montre. Il devait se demander ce que je faisais, penser que je traînais après l'école. Pas de bol, mon vieux, je ne traîne jamais après l'école. Et j'ai bien raison, sinon je ne t'aurais pas vu embarquer maman. À quelques minutes près, j'étais bon. Je serais arrivé sans me douter de rien, tu m'aurais sauté dessus et je me serais retrouvé au foyer. Une fois de plus.

Il fallait faire vite. Je ne pouvais pas rester planté là plus longtemps. C'était sûr que j'allais me faire repérer. Alors j'ai pensé à la porte de la cuisine, qui donne sur le potager. Enfin, le potager, c'est comme cela que l'appelle maman. En fait, c'est là qu'elle jette les épluchures de patate et les fanes des carottes.

Quand elle est là, maman laisse toujours cette porte ouverte, derrière la maison. Avec un peu de chance, elle aurait oublié de refermer le verrou. Ce n'est pas le genre de chose auquel on pense quand on part entre deux flics. De toute façon, je ne risquais rien d'essayer.

Doucement, l'air de rien, je suis reparti dans l'autre sens, en me baissant un peu à l'abri des voitures, et j'ai fait le tour par la rue Danton. J'ai écarté le grillage du Russe, notre voisin de derrière. Le Russe, c'est le nom qu'on lui donne mais, en fait, il s'appelle Alexandre. Il est très vieux et habite ici depuis toujours. Au début, il vivait avec sa mère, c'est elle qui était russe. Quand elle est morte, le pauvre, ça lui a mis un pet au casque, comme dit papa. Avec nous, le Russe est vachement sympa, on le trouve juste un peu barge. Sa baraque en bois a l'air encore plus vieille que lui, avec des volets ouverts qu'il ne peut plus fermer et des volets fermés qu'il ne peut plus ouvrir. Tout ce qu'il trouve dans la rue, il le récupère et le rapporte chez lui sur un chariot fabriqué avec des roues de vélo.

En ce moment, le Russe devait dormir. Il a horreur de la chaleur. Et il faisait chaud, je vous dis pas. Dans ces cas-là, il s'enferme chez lui et on ne le revoit pas, jusqu'à ce qu'il fasse plus frais. Comme les marmottes, mais à l'envers.

L'avantage, c'est qu'avec toutes les épaves qui traînent dans son jardin, il n'y avait pas de danger qu'on me voie, sauf s'ils avaient laissé un autre type à l'arrière de la maison. Mais il n'y avait personne. J'en étais sûr. C'est fou comme les flics prennent toujours les enfants pour des débiles.

Je suis passé par-dessus le petit mur, j'ai traversé le potager, moi je l'appelle la poubelle, et je me suis aplati contre le mur.

2

La porte était ouverte ! T'es le meilleur, j'ai pensé. Plus fort que papa en tout cas, qui se fait prendre comme un gamin, avec son passe-montagne sur le parking du Carrefour. Et après, il vient jouer les gros bras en me disant : « Écoute ton père, Antoine, écoute bien ce que je te dis... » C'est ça, cause toujours, t'as l'air malin, de l'autre côté de la table, au parloir de la prison.

Quand c'est comme ça, je prends un air très sérieux, je pose mon coude sur mon genou, mon menton sur mon poing et je l'écoute en pensant que si je fais exactement le contraire de ce qu'il me raconte, je devrais avoir tout bon.

Je suis passé dans la cuisine et j'ai monté l'escalier, tout doucement, en me collant contre le mur, pour que le type dehors ne m'aperçoive pas par la vitre de l'entrée s'il lui prenait l'idée de jeter un œil vers la maison.

J'ai posé mon cartable dans ma chambre et je suis entré dans celle de mes parents, qui donne sur la rue. Le flic était toujours là. Il était en train d'ôter son blouson. Dessous, il avait une bretelle et son flingue dans l'étui. Il les a retirés aussi et il a caché le tout dans le blouson. Sur sa chemise, on voyait de grandes traces de transpiration. Lui non plus, il ne supportait pas la chaleur. Peut-être qu'il avait des origines russes, si ça se trouve.

Je suis retourné dans la cuisine, j'ai pris une bouteille de lait, un bol, une cuiller, mon paquet de corn flakes et je suis remonté au premier étage. Déjà que j'avais les jetons, c'était pas la peine de crever de faim, non ?

J'ai ouvert la trappe du grenier, j'ai débloqué et descendu l'escalier coulissant puis j'ai tout transporté là-haut. Mes provisions, ma pile électrique, ma couette et mon cartable.

Je les ai balancés sur le grand matelas qu'on garde pour quand le frère de maman vient nous voir, à chaque fois qu'il divorce. Tous les six mois environ. Il arrive, il explique qu'il n'en peut plus, maman lui installe le matelas en bas, il passe la soirée au téléphone avec ma tante, sa femme, et il repart vers minuit, en disant que ça s'est arrangé. Le matelas, je ne crois pas qu'il ait couché une seule fois dessus mais on le garde, maman prétend que ça peut toujours servir. Pour les copains de papa.

De là-haut, j'ai tiré l'escalier vers moi, j'ai refermé la trappe et je me suis allongé. Et là, j'ai un peu craqué. Je le dis, parce que même si Simon l'apprend, ça m'est égal.

Simon, c'est mon meilleur copain au collège. Depuis qu'on a découvert qu'on était nés le même jour, on est devenus super potes. Lui, son père est médecin, alors il n'a pas de souci à se faire. Je ne sais pas si c'est à cause de ça, mais il est le dernier de la classe, il a le don pour trouver les réflexions qui tuent les profs. La plupart du temps, il finit le cours chez le principal, avec une sérieuse engueulade en prime. Mais il s'en moque. Il me sort sans arrêt que si ça se trouve, on nous a inversés à la naissance, qu'il devrait avoir mes parents et moi les siens. Le problème, c'est qu'on n'est pas nés dans la même maternité. Je le sais, j'ai vérifié. Mais ça nous fait marrer.

N'empêche que dans mon grenier, je ressemblais à une lavette, comme rigolerait Simon. Avec son père en prison et sa mère au poste, j'aurais voulu l'y voir, Simon. Qu'est-ce que j'allais devenir ? Qu'est-ce que j'avais fait pour tomber sur des parents comme ça ? Et s'ils ne revenaient pas, jamais ? Pourquoi ils ne s'occupent pas plus de moi ? Pourtant, je crois qu'ils m'aiment bien, qu'ils sont fiers de moi. Mais j'ai l'impression que si je n'étais pas là, ce serait aussi bien pour eux. D'ailleurs maman le répète souvent : « Si j'étais toute seule, je ne m'embêterais pas à cuisiner, je mangerais presque rien. Et encore, que des surgelés. »

Papa, lui, c'est différent, forcément, maintenant qu'il est en pension aux frais du gouvernement, comme il dit. Comme je le vois rarement, ça le distrait. Mais avant, c'est tout juste s'il remarquait que j'étais là, à table ou même dans la pièce. Quand je le voyais devant la pendule en verre qui est sur le buffet du salon, à se disputer avec maman pour choisir la musique qui marque les heures, je finissais par me convaincre qu'ils y tenaient plus qu'à moi, à cette horreur.

Pourtant, malgré leur bon milliard de défauts, ils me manquaient drôlement, mes parents. La preuve, c'était ma couette. Elle ressemblait à un grand mouchoir, tout mouillé, tout tirebouchonné.

Finalement, j'ai repris le dessus. J'ai rampé jusqu'à la petite fenêtre qui est au bout du grenier et qui donne sur la rue. Le flic s'était assis sur l'aile de la voiture du voisin d'à côté, Roger. Il avait posé son blouson sur le capot et téléphonait. Il n'avait pas l'air heureux, le poulet. Peut-être qu'il appelait maman, pour savoir où je pouvais être ? Si c'était ça, ça allait saigner. Telle que je connais maman, elle allait les accuser de m'avoir fait peur, de m'avoir perdu. Ou enlevé même, elle en est capable. Elle ne s'occupe pas des masses de moi, maman, mais si quelqu'un m'ennuie, elle devient comme la chienne de Roger : quand tu essaies de lui piquer sa balle de tennis, c'est une vraie teigne. Ou tu es un champion du cent mètres, ou tu te retrouves avec un bout de cuisse en moins.

Le flic a raccroché et il a continué à transpirer. À sa tête et à ses doigts qui tambourinaient sur le capot, je voyais bien qu'il était ennuyé. Combien de temps allait-il rester ? Dans deux ou trois heures, la nuit commencerait à tomber. Qu'est-ce qu'il déciderait s'il ne me trouvait pas ?

Je n'en savais rien et je m'en fichais. Après tout, c'était leur problème. C'est sûr qu'ils allaient se faire engueuler. On allait leur dire qu'ils avaient mal préparé leur intervention, que j'étais peut-être en fuite, ou mort ! De savoir que je n'étais pas le seul à avoir de gros soucis, ça m'a remonté le moral.

En tout cas, si le voisin sortait et qu'il voyait l'autre assis sur sa bagnole, le flic allait l'entendre. Rien que d'imaginer Roger arriver avec sa peau de chamois et crier qu'il lui avait abîmé sa voiture, j'ai eu envie de rigoler. Ça allait mieux, soudain.

Alors, à genoux, j'ai regagné mon matelas, j'ai ouvert mon cartable. Et j'ai commencé mes devoirs.

3

L'autre truc que je ne vous ai pas raconté, c'est qu'en classe, je suis un des meilleurs. Bien sûr, il y a Émilie qui est parfois devant moi mais avec elle, il n'y a rien à faire. Elle serait capable d'apprendre l'annuaire par cœur, s'il le fallait. Alors, souvent, elle arrive à me griller. Mais à part elle, personne ne peut lutter.

Je ne sais pas d'où je tiens ça, faut croire que je ne suis pas normal. Enfin, c'est Simon qui prétend ça.

Les profs n'en reviennent pas. Ils savent parfaitement où est mon père, ils connaissent maman. Alors ils se posent des questions. Au début, je suis sûr qu'ils croyaient que je trichais, qu'avec des parents comme ça, on ne pouvait pas être bon élève. De temps en temps, il y en a encore un qui essaie de me piéger, le prof de maths par exemple. Il m'interroge sévère, deux ou trois fois plus longtemps que les autres élèves et puis à la fin, il me regarde avec un air étonné, il annonce « bon » et puis « vingt ». On dirait que ça l'amuse. Une fois, je me suis trompé, j'ai eu l'impression qu'il m'en voulait à mort, autant que si c'était lui qui avait commis l'erreur.

Mais les plus sidérés, ce sont mes parents. Quand ils reçoivent mon bulletin, ils me regardent comme si j'étais une star de la télé. À chaque fois, je pense à Simon et je me dis que, si ça se trouve, ils se demandent eux aussi si je suis bien leur enfant. Un jour pourtant, maman, qui venait de recevoir mon carnet, a lancé à papa : « Ce petit, il tient de moi. » Je vous garantis qu'il n'a pas apprécié, papa. Il l'a regardée avec un air un peu ironique et lui a répondu : « Excuse-moi, mais celui qui a fait le plus d'études ici, c'est moi, non ? »

En attendant, pour lui, c'est bien que je sois aussi bon en classe, surtout en ce moment. À la prison, il frime comme un malade en montrant « ses » notes aux autres détenus. Si par malheur j'oublie mon carnet, il me fait tout un cirque : « Et comment je vais faire pour leur en boucher un coin ? », « Je vais avoir l'air de quoi, moi ? » Il ne plaisante pas avec ça.

J'étais en train d'apprendre ma leçon d'anglais quand j'ai entendu des bruits de moteur dehors, devant la maison. Je suis vite retourné à la petite fenêtre percée dans le pignon. La voiture des flics était revenue et il y en avait une autre qui se garait.

Monsieur Vernet, le principal du collège ! Qu'est-ce qu'il fichait là ? Même s'il m'aime bien, monsieur Vernet n'est pas vraiment un rigolo. J'ai pensé que s'ils me trouvaient, ça pourrait drôlement chauffer pour moi.

Comme ils regardaient tous la maison, je me suis écarté vite fait de la fenêtre, pour les observer de plus loin. Je ne risquais pas grand-chose, vu que j'étais au grenier, mais vaut mieux prévoir.

Ils se sont réunis autour du grand flic qui a fait non de la tête. Ils ont discuté, drôlement énervés quand, soudain, le principal a levé le bras et s'est mis à parler en agitant les mains, ce qui n'est pas dans ses habitudes. Vu la trombine des autres, il ne distribuait ni les félicitations ni les compliments. Je vous jure, les flics, on aurait cru des sixièmes. Y en a pas un qui mouftait.

Le principal est remonté dans sa voiture, il a encore sorti le bras de sa portière, en pointant le doigt vers les policiers et en leur lançant un truc qui n'a pas eu l'air de leur plaire.

Je vous avais prévenus, ce n'est pas un rigolo, monsieur Vernet.

Les flics se sont approchés de la maison, ils ont grimpé les marches et j'ai entendu la sonnette.

Je me suis fait tout petit, là-haut. Ils ont carillonné comme des malades. Puis ils sont allés chez la voisine, qui est sortie et qui a fait non de la tête. Ça m'a rassuré.

Du coup, ils sont retournés dans la rue et ont encore parlé ensemble. Le grand flic a gueulé et il est remonté à la place du passager, à l'avant de la voiture, qui a démarré sur les chapeaux de roues. C'est le petit qui est resté planté devant la maison.

4

Pour la plupart des élèves du collège, monsieur Vernet est une terreur. Quand vous frappez à la porte de son bureau et qu'il répond « Entrez », le ton de sa voix suffit à vous transformer en bloc de glace.

Pourtant, monsieur Vernet ne prononce jamais un mot plus haut que l'autre, il ne crie pas, il remue à peine les lèvres. Mais quand il vous parle, vous avez l'impression qu'un vent s'est mis à souffler en provenance du pôle Nord. Simon soutient que, dans une autre vie, le principal a été un congélateur.

Le truc de monsieur Vernet, c'est de vous poser des questions et d'attendre tranquillement que vous répondiez. Si vous bafouillez ou que vous hésitez, il ne s'énerve pas, il se contente de patienter en vous observant de haut en bas comme si vous étiez une sorte d'insecte inconnu et bizarre, un cafard à tête de fourmi ou un scarabée à queue de scorpion.

D'abord, il vous demande pourquoi le professeur vous a renvoyé de sa classe et ce que vous avez fait, pré-ci-sé-ment ! Le mot « précisément », il le prononce en quatre fois, histoire de vous montrer que vous n'avez pas intérêt à le prendre pour une andouille. Ensuite, il vous demande ce que vous pensez de votre attitude et ce que vous donneriez comme punition si vous étiez à sa place.

Un jour, Simon, qui a le goût du risque, lui a répondu : « Aucune. » Monsieur Vernet a légèrement haussé un de ses sourcils et lui a glissé : « Vraiment ? » Et il a doublé la peine habituelle. Même Simon, qui n'est pas à une punition près, a trouvé qu'il payait cher pour sa plaisanterie.

En ce qui me concerne, c'est différent. Moi, monsieur Vernet, je n'en ai pas peur. Il m'impressionne un peu mais je crois qu'il m'aime bien. Et pas seulement parce que je suis bon élève.

Le lendemain du jour où papa a été envoyé en prison, le prof de maths m'a appelé au moment où on sortait du cours et il m'a annoncé que le principal voulait me voir pendant l'interclasse. J'avoue que, sur le moment, je me suis inquiété. Est-ce qu'il allait me renvoyer du collège à cause de mon père ?

Quand j'ai frappé à son bureau, je n'en menais pas large. J'ai entendu « Entrez » et j'ai compris ce que racontait Simon. Une petite brise glacée se faufilait entre mon tee-shirt et mon cou. Mais quand j'ai ouvert, il m'a regardé, il s'est levé et il est venu me chercher à la porte.

– Entre, Antoine, il a dit. J'ai besoin de discuter un peu avec toi.

Il avait l'air de bonne humeur, ce qui est surprenant quand vous connaissez monsieur Vernet.

Il a posé la main sur mon épaule et il m'a entraîné jusqu'au siège. Et là – ça m'a fait un drôle d'effet –, il n'est pas retourné derrière son bureau mais s'est assis sur le fauteuil à côté du mien.

Aussitôt, j'ai pensé qu'il avait une sale nouvelle à m'annoncer. J'osais à peine le regarder.

– Je voulais savoir comment tu allais, Antoine.

– Ça va, j'ai répondu.

– Et… ce n'est pas trop dur pour toi en ce moment, à la maison ?

– Non, ça va, j'ai répété.

Il faut toujours répondre que ça va, m'a expliqué maman. Même si ce n'est pas vrai. Elle affirme qu'à part les vrais amis, les gens se moquent de vos problèmes. Ils ne veulent pas entendre que vous êtes malade, que vous avez une fuite d'eau chez vous ou, pire, que vous avez besoin d'argent. La maladie, ils ont peur de l'attraper, la fuite, ils ne vous aideront pas à la réparer et l'argent, ils n'ont pas envie de vous en prêter. Alors si vous leur parlez de vos soucis, ils se souviendront tout à coup qu'ils ont un rendez-vous urgent et qu'ils sont pressés. Ils ajouteront qu'ils vous rappelleront bientôt, c'est promis. Et ils ne le feront jamais, bien sûr. Voilà pourquoi, d'après maman, le mieux est de répondre que vous êtes en pleine forme, que votre patron vous adore et que, pour vous, la vie est belle. Comme ça, tout le monde vous trouve formidable et vous-même finissez par le croire.

Mais monsieur Vernet, il n'est pas né de la dernière pluie. Avant que je ne réponde, il avait compris que j'avais le moral dans les chaussettes.

– J'ai appris ce qui est arrivé à ton père, a-t-il continué. Quand l'usine où il travaillait a fermé, c'est devenu très difficile pour beaucoup de gens ici. Ton père a réagi à sa façon et ce n'était sûrement pas la bonne. Pourtant, personne, ni moi ni quelqu'un d'autre dans ce collège, n'a le droit de le juger. Alors, si quelqu'un t'embête avec ça, qui que ce soit, je veux que tu viennes m'en parler. C'est d'accord ?

J'ai gardé le silence.

– C'est d'accord, Antoine ?

– D'accord, j'ai fini par acquiescer, un peu pour lui faire plaisir.

En fait, je m'imaginais mal en train d'aller cafter si un prof ou un élève me balançait une vacherie sur ce sujet. Mais j'étais drôlement soulagé. Cinq minutes auparavant, je me voyais déjà renvoyé.

– Autre chose, Antoine. Ton père, ce n'est pas toi et tant que je dirigerai ce collège, rien ne changera pour toi. Mais c'est important qu'il te sente à ses côtés, quoi qu'il ait fait. Et malgré tout ce qui t'arrive, tu as une chance énorme, car tu as un bon moyen de le soutenir. Tu le connais, n'est-ce pas ?

Sincèrement, je n'en savais rien. Je ne m'étais jamais posé ce genre de question et, à ce moment précis, je n'étais pas en état d'y réfléchir.

Il a dû s'en rendre compte car il a préféré me donner la solution.

– Il faut que tu lui fournisses des raisons d'être fier de toi. Et ça, tu peux facilement y parvenir. Il suffit que tu restes le bon élève que tu as toujours été.

Je ne m'attendais pas à ça et, sur le coup, j'ai presque eu envie de rigoler. Parce que moi, si je suis bon élève, ce n'est pas pour faire plaisir à mes parents, c'est tout simplement que j'aime bien apprendre. Je sais, ça paraît bizarre aux autres mais moi, j'aime bien comprendre pourquoi la mer monte et descend, pourquoi Jules César a ratatiné Vercingétorix ou comment les Anglais demandent l'heure à quelqu'un.

Je n'y peux rien, je suis comme ça depuis que je suis petit. J'ai pensé à Simon qui n'arrête pas de me vanner à ce sujet et soudain, j'ai remarqué que monsieur Vernet s'était penché vers moi.

– On dirait que ça te plaît bien, ce que je te propose !

Je me suis retrouvé tout bête. Mon sourire s'est effacé de mes lèvres à la vitesse de la lumière.

– Non, non, j'ai vite répondu, c'est juste que je pensais à autre chose...

Et puis j'ai réalisé ce que je disais et j'ai ajouté :

– Mais oui, je suis d'accord. Je vais continuer à bien travailler.

5

– Antoine ! Mais t'es où ?

– Tu peux me rappeler ? Je n'ai plus de crédit sur ma carte.

– Oui. À tout de suite.

Je n'avais pas pu résister. Il fallait que je raconte ça à quelqu'un. Simon, c'est un vrai copain. Et puis il a un portable avec un forfait d'enfer, lui. Je savais que je pourrais discuter sans me prendre la tête. Mon portable, enfin l'antiquité que le frère de maman m'a donnée, a aussitôt sonné.

– Qu'est-ce qui se passe, Antoine ? Et où tu es, d'abord ?

– T'inquiète pas pour ça !

– Y a les flics qui te cherchent partout. Ils sont même venus à la maison.

– Déconne...

– Je ne déconne pas. Ils sortent d'ici. Je te raconte pas la pétoche qu'ils ont. D'après eux, t'as disparu. Qu'est-ce qui se passe ?

– Ils ont embarqué maman.

– Je sais, le commissaire a tout raconté à ma mère. Le principal leur a appris qu'on était copains alors ils ont pensé que tu serais peut-être chez moi.

– Ils ont dit quoi sur maman ?

– Qu'elle avait piqué des trucs dans un magasin. Et que c'était pas la première fois.

– J'y crois pas ! Elle a recommencé !

– Comme ils voulaient que ça cesse, ils ont décidé de sévir. Ils l'ont mise en garde... en garde à nue ?

Ça, c'est Simon. Je n'ai pas pu m'empêcher de rigoler.

– En garde à vue, tu veux dire ?

Du coup, il était mort de rire, lui aussi. Il n'y avait pas de quoi, pourtant.

– Oui, un truc comme ça. C'est grave ?

– Je sais pas. J'crois pas mais je suis pas sûr.

– Tu veux que je demande à ma mère ?

– Arrête ! Tu dis à personne que je t'ai appelé.

Je me méfie de Simon. Il est sympa mais il ne peut rien garder pour lui.

– Qu'est-ce que tu vas faire, Antoine ? Il paraît que tu n'es pas rentré chez toi. Où tu vas dormir ?

– T'inquiète pas pour ça, j'assure. Ce qui m'embête, c'est pour le collège. Si j'y retourne, les flics vont m'attraper. En plus, Vernet est au courant.

– Si tu veux, je viens avec toi. Moi, les cours, j'en ai rien à faire, tu sais.

– Ça je sais. Mais c'est impossible.

– Allez, dis-moi où t'es. Tu veux que je t'apporte à manger ?

– T'en fais pas, ça va. On verra, si j'ai un problème je te rappelle. Et si les flics reviennent ou si t'apprends un truc, tu me préviens, hein ?

– No problem.

– T'as fait ton anglais ?

– De quoi tu me parles, là, Antoine ? T'es vraiment pas bien toi. Qu'est-ce que t'en as à fiche de l'anglais ?

– Rien, rien, je disais ça comme ça. Bon allez, salut.

– OK. J'te rappelle.

C'est vrai que je ne dois pas être normal. Lui parler de l'anglais alors que maman venait de se faire arrêter ! Il doit me prendre pour un Martien, Simon.

J'ai éteint mon portable. Comme c'est un vieux modèle, il n'a pas de vibreur et j'ai pensé que s'il se mettait à sonner, le flic dehors pouvait peut-être l'entendre. Il y avait peu de chances mais on ne sait jamais.

J'espérais que Simon n'allait pas cafter. Il a l'air costaud comme ça, mais quand tu te retrouves avec des flics qui t'interrogent, ça ne doit pas être facile de la fermer. Ils sont gentils, au début, et puis ils deviennent mauvais, ils te posent un tas de questions et tu finis par t'embrouiller. Il paraît que les mecs les plus forts en arrivent à avouer. Alors Simon, il ne serait pas long avant de leur refiler des tuyaux.

Comme je ne savais pas quoi faire, j'ai sorti mon bouquin d'histoire-géo. C'était toujours ça de pris. Si Simon m'avait vu, le nez plongé dans Christophe Colomb, il en aurait été malade. Et puis soudain, j'ai réalisé que je n'arrivais plus à lire. La nuit était pratiquement tombée.

Je suis retourné à la fenêtre et là, j'ai aperçu Roger, qui discutait avec le petit flic, sous le réverbère. Il avait ouvert le capot de sa voiture et il lui montrait des trucs, dans le moteur.

Roger, il est complètement jeté, il peut parler des heures de sa voiture. Et à n'importe qui. L'autre jour, il a expliqué à maman comment il avait redressé le pare-chocs arrière. Elle a cru que ça ne finirait jamais. S'il y a quelque chose qui ne l'intéresse pas, maman, c'est bien les voitures. Surtout celle de Roger. Mais elle s'est dit qu'avec tous les gens autour qui ne peuvent pas nous sentir, ce n'était pas la peine de le vexer.

De penser à elle, ça m'a fait flipper. Je me suis demandé ce que les flics lui avaient fait. Peut-être qu'ils l'avaient vraiment mis en prison, ces salauds. Ils ne savent pas, eux, ce que c'est de ne pas avoir un sou. Maman, ce n'est pas des bijoux qu'elle va piquer, c'est à manger. À manger pour moi. Si je n'étais pas là, je suis sûr qu'elle n'aurait rien volé. J'ai senti qu'il fallait que j'arrête de penser à ça sinon j'allais recommencer à pleurer.

Comme le flic en avait pour un sacré moment avec Roger, j'en ai profité. J'ai ouvert la trappe, j'ai redescendu l'escalier et je suis allé dans la cuisine chercher à manger. Dans le noir, ce n'était pas simple. J'ai remonté du pain, de la confiture et trois bananes. Maintenant, je pouvais tenir.

J'avais à peine fini ma première banane que je me suis endormi.

6

C'est le bruit dans la maison qui m'a réveillé. Au début, j'ai cru que je rêvais, je ne comprenais pas pourquoi j'étais allongé sur le matelas du grenier. Et puis je me suis souvenu.

J'ai regardé l'heure, il était six heures du matin. Est-ce que c'était maman qui était revenue, est-ce que c'était les flics qui me cherchaient ? Ou est-ce que c'était autre chose ? Je n'en menais pas large.

Sans faire de bruit, millimètre par millimètre, j'ai rampé jusqu'à la fenêtre. Devant la maison, il y avait encore une voiture de police, le gyrophare en marche.

Ça m'a un peu rassuré. La police, c'est quand même moins flippant que des cambrioleurs.

Je les ai entendus fouiller, ouvrir les placards. Qu'est-ce qu'ils croyaient ? Que je m'étais caché dans le frigo ? Que j'avais emporté des vêtements ? Je me suis félicité d'avoir refermé la porte de la cuisine et surtout d'avoir enlevé la tringle de la trappe. Avec le verrou poussé en bas, ils se diraient que je n'avais pas pu entrer. Et puis la trappe, faut la remarquer quand il n'y a pas la tringle qui vous pendouille dans la figure.

De toutes les façons, si j'étais découvert, qu'est-ce que je risquais ? Rien. Quelques jours au foyer, avec les surveillants qui vous rouspètent sans arrêt, c'est l'horreur, mais on n'en meurt pas.

Je me suis allongé près de la trappe, je les entendais passer à un mètre de moi. Si un des policiers levait la tête, j'étais fichu. J'en ai entendu un crier en bas.

– Alors ?

– Que dalle, mon vieux. C'était garanti sur facture. Comment tu voulais qu'il entre sans qu'on le voie, le gamin ?

« T'inquiète pas, j'ai pensé, je t'expliquerai. »

Les deux qui fouillaient le premier étage se sont arrêtés sur le palier, juste sous la trappe. J'osais à peine respirer.

– Où est-ce qu'il a pu filer, ce gamin ? On est dans la merde jusqu'au cou.

Je les croyais plus polis, dans la police. L'autre, qui avait une petite voix aiguë, lui a répondu :

– Il paraît que le préfet a appelé le commissaire. Il lui a passé un sacré savon. Il lui a donné jusqu'à ce soir pour le retrouver.

– Comment tu veux faire ? Il pourrait être n'importe où. Pauvre gosse. La mère est au courant qu'il s'est tiré ?

– Pas encore, je crois. Heureusement, parce que t'imagines le cirque. Par contre le maire, lui, il sait. Le principal du collège du petit l'a prévenu. Il lui a dit que si les journalistes apprenaient ce qui s'était passé, ça allait faire du bruit.

– C'est vrai que la mère travaillait au supermarché des Coteaux ?

– Oui. T'imagines la tronche du maire. C'est à son frère, le supermarché, tu savais ?

– Je savais.

– Quand le père du petit s'est fait prendre, ils ont viré la mère. Soi-disant qu'ils ne pouvaient pas garder une femme dont le mari avait braqué un hypermarché.

– Sympa !

– Effectivement. Le père en taule, la mère au chômage. Tu vois le résultat pour le gosse. Du coup, s'il a vraiment disparu, tu imagines le scandale. On accusera le frère du maire d'être un peu responsable...

J'ignorais tout ça. Maman m'avait simplement expliqué qu'elle arrêtait de travailler pour s'occuper de papa. J'ai senti que mes yeux piquaient. Les salauds ! En fait, c'était à cause d'eux si maman s'était mise à voler.

– T'as vu ça ? C'est quoi là-haut ?

– Une trappe pour aller dans le grenier, je suppose. Pourquoi ? Tu crois que...

Ma respiration s'est bloquée. Je ne pouvais plus avaler un gramme d'air. Plus bouger. Plus remuer un cil. Je ne sais pas pourquoi, j'ai pensé au caméléon de Simon. Cette bestiole-là, elle est incroyable, elle peut rester immobile pendant je ne sais pas combien de temps. J'ai essayé de l'imiter.

– T'as vu une échelle, quelque part ?

– Attends, je regarde.

Je les ai entendus marcher, aller dans la chambre de maman, puis dans la mienne. Il y avait une échelle pliante, au fond de la penderie de maman. Ils avaient dû la voir en fouillant les placards, mais ils n'avaient pas fait attention. À ce moment-là, pour eux, elle n'avait pas d'importance. S'ils s'en souvenaient, j'étais coincé.

– Alors ?

– Rien, pas le plus petit escabeau.

– Moi non plus.

J'avais les yeux fixés sur l'escalier coulissant, juste à côté de moi, sur la trappe et surtout sur la tringle qui permet d'ouvrir d'en bas. Si je ne l'avais pas remontée...

– Si on ne peut pas monter, lui non plus. Allez, amène-toi. Je vois d'ici qu'il va falloir se farcir les terrains vagues, sonder la rivière...

– Parle pas de malheur.

Leurs pas ont fait trembler les marches. J'ai recommencé à respirer.

Comment ils avaient pu entrer, je n'en sais rien. Ils étaient peut-être venus avec un serrurier. C'est ce que j'ai conclu quand j'ai entendu la clef tourner dans la serrure. Enfin, ils étaient partis. J'étais épuisé.

J'avais dû me rendormir. J'en étais certain parce que j'avais fait un cauchemar horrible. J'étais dans la prison, avec un pistolet en main et des gardiens tout autour de moi. Il y avait papa et maman derrière moi. Je leur disais que j'étais venu les délivrer. Maman me répondait en pleurant : « Mais Antoine, comment veux-tu t'enfuir ? Il n'y a pas d'échelle ! Tu aurais dû prendre celle qu'il y a dans ma penderie. » Alors je sautais, je sautais, pour essayer d'attraper le haut du mur. Mais c'était impossible. À la fin, je suis tombé, j'ai lâché mon pistolet et un gardien a posé le pied dessus. Ses collègues se sont approchés et, au moment où ils bondissaient sur moi, je me suis réveillé.

7

Il y a encore autre chose que j'ai oublié de vous dire à propos de mes parents. Comme ça, je sais bien qu'on pourrait penser qu'ils ne sont pas très recommandables, que si mon père est en prison, il l'a drôlement mérité et que, si ma mère a été arrêtée par la police, elle n'est pas aussi blanche qu'une colombe.

C'est un peu vrai bien sûr mais en même temps, c'est complètement faux.

Depuis le temps que je réfléchis à ce sujet, c'est-à-dire depuis le moment où les voisins nous regardent en fronçant les sourcils, j'ai commencé à y voir plus clair.

Ce que je crois, moi, c'est qu'il faut avoir de la chance dans la vie. Et que la chance, elle a justement oublié de frapper à la porte de mes parents quand ils en auraient eu besoin.

Mon père, avant de partir en sucette (une de ses expressions favorites), il a travaillé quinze ans comme soudeur chez Metalica, la petite usine qu'il y avait à la sortie de la ville, et il adorait son métier.

Souvent le week-end, il disparaissait dans le garage, il allumait son chalumeau et il s'amusait à construire des escaliers miniatures en inox.

J'en ai un dans ma chambre qu'il a fixé sur une des étagères et, tous les jours, je le regarde en me demandant comment c'est possible de fabriquer un objet si parfait. Les marches, des triangles arrondis qui mesurent à peine dix centimètres de long, tournent autour d'un poteau central où elles sont encastrées. Lorsque je promène les doigts dessus, la surface est lisse comme la peau d'un bébé. J'avais à peine six ou sept ans quand il me l'a offert. Il m'avait expliqué que si on est capable de réaliser une soudure inox invisible sur un objet aussi petit, c'est qu'on a des mains en or.

Si c'est vrai, elles ne sont pas en or, les mains de mon père, elles sont en diamant. Parce que sur mon escalier, il n'y a pas la moindre petite bavure, pas le moindre renflement de métal. Et pourtant, les marches sont tellement solides que, malgré leur taille, je pourrais monter dessus sans les casser.

Quand il partait au travail, le matin, mon père avait des éclats de lumière dans le regard. Il allait retrouver ses outils comme on va rejoindre des copains et parfois, le soir, il nous racontait avec un grand soupir heureux qu'il était crevé, qu'il « en avait bavé des ronds de chapeau ».

Pour lui, ça signifiait qu'il avait passé une journée merveilleuse. Il s'était sans doute confronté à un problème qu'il n'avait jamais rencontré, il avait cherché une solution et comme il ne l'avait sûrement pas trouvée du premier coup, il était drôlement fier d'y être arrivé.

C'est à l'usine qu'il avait connu maman. Elle travaillait au service expéditions et passait ses journées à vérifier que les pièces à livrer étaient bien emballées. Comme chaque objet ou presque était différent, elle prenait les mesures et surveillait la fabrication des caisses en bois qui contiendraient les colis. Son métier ne la passionnait pas mais, comme elle disait, « avec les crédits qu'on a sur les bras, un salaire en plus, ça ne se refuse pas ».

Et puis, un soir, ils sont rentrés et j'ai vu que papa avait des larmes dans les yeux. Au début, ils ne m'ont rien dit, sans doute parce qu'ils me pensaient trop jeune. Pourtant, quelques jours plus tard, un soir à table, papa a craqué. Il m'a raconté que c'était « foutu », que le proprio avait décidé de vendre l'usine à un groupe et que, désormais, ce seraient des Bulgares qui allaient fabriquer ses winches de voilier et ses bras articulés pour les sièges de dentiste. Papa a expliqué qu'ils allaient « massacrer le boulot » mais que, visiblement, c'était le cadet des soucis des nouveaux patrons. Aussitôt, maman est intervenue.

– Qu'est-ce que tu as besoin de parler de ça à Antoine ? À son âge, il a d'autres soucis que les nôtres.

– J'en parle parce qu'on se retrouve tous les deux au chômage et que, forcément, ça va le concerner. Quand on va déménager, il se rendra compte que quelque chose a changé, non ? Alors, autant le tenir au courant.

– Attends, tu ne veux pas dire qu'on va vendre la maison ? a répondu maman. On n'en a pas payé la moitié.

– Et où tu veux que je retrouve un job de soudeur inox dans le coin ? Tu en connais d'autres, des boîtes qui cherchent des gens comme moi, dans la région ?

À vrai dire, je ne comprenais pas le problème. Des mains comme celles de mon père, elles devraient trouver du travail partout, non ? Je n'étais pas inquiet pour lui, il me suffisait de regarder mon escalier pour savoir que papa, les gens allaient se battre pour l'employer. Moi, le seul truc que je voyais, c'est que si on déménageait, j'allais changer d'école, perdre mes copains et me retrouver dans une ville que je ne connaîtrais pas.

J'avais tort de me faire du souci à ce niveau-là. Parce que, quand mes parents ont annoncé qu'ils vendaient leur maison, un agent immobilier est venu et leur a expliqué qu'avec la fermeture de l'usine, il y en avait plein d'autres à vendre et personne pour les acheter.

Pour moi, c'était plutôt une bonne nouvelle. Mais pour mes parents, ça a été la goutte d'eau qui fait déborder le vase.

À partir de ce jour-là, mon père n'a plus été le même. Au lieu d'allumer son chalumeau le week-end, il partait retrouver ses copains de l'usine. Et quand ma mère lui demandait à quoi ils passaient leur journée, il répondait : « On cherche un moyen de s'en sortir. »

Le moyen qu'ils ont trouvé, on a vu où il les a menés.

8

Il était huit heures moins le quart quand l'orage a éclaté. Un orage d'enfer. Le prof de géo affirme que ça arrive souvent après les grosses chaleurs, qu'il y a une logique dans ce phénomène. C'est la différence de température entre le ciel et la terre qui produit ça. La chaleur monte, le froid descend et comme les deux ne se supportent pas, ils finissent par se taper dessus.

Je ne sais pas si j'ai tout compris mais en tout cas, moi, j'adore l'orage, quand il y a des éclairs partout et que la foudre tombe juste à côté. Ça ressemble à la fin du monde. Quand on a peur, on est tous pareils. C'est pour cela que j'aime bien.

Pour l'instant, on aurait plutôt cru que quelqu'un jouait de la batterie sur le toit. Je me suis dit que si maman revenait et qu'on pouvait continuer à habiter ici, je retournerais coucher sur le matelas du grenier. Dans ma chambre, on n'entend pas aussi bien la pluie.

Dehors, les flics étaient toujours là, à faire le guet. Ils étaient deux, à l'avant de leur voiture. J'avais du mal à les apercevoir à cause de la buée sur les vitres. Les gouttes, énormes, rebondissaient sur la carrosserie. De temps en temps, ils mettaient les essuie-glaces en route et deux gerbes d'eau jaillissaient de chaque côté du pare-brise.

En finissant mon paquet de corn flakes et en mangeant la deuxième banane, j'ai repensé à tout ce qu'avaient dit les types, sous la trappe. À propos du commissaire, du maire et de son frère, de maman et de moi. Et puis tout à coup, c'est devenu lumineux dans ma tête. La pluie m'avait sans doute rafraîchi les idées. La discussion entre les deux gros bavards sur le palier, juste sous moi, m'avait aussi bien aidé. J'allais leur en faire baver. S'ils croyaient qu'il suffisait de me retrouver pour être tranquilles, ils se gouraient drôlement.

Avec cette pluie, il n'y aurait personne dehors. J'avais de la chance. C'était le moment ou jamais de sortir. Je suis descendu à toute vitesse, j'ai enfilé mon blouson à capuche et je suis passé par-derrière. J'ai ouvert le verrou de la porte de la cuisine que j'ai refermée juste en la tirant. Il y avait à peine deux heures que les flics avaient fouillé la maison. Avant qu'ils reviennent, j'avais le temps d'agir.

Au bout du terrain du Russe, je me suis caché derrière un gros bidon et j'ai laissé passer une voiture. On aurait cru qu'elle faisait du ski nautique. Mais à part elle, il n'y avait pas un chat. De toute façon, on ne voyait pas à dix mètres. Quand la bagnole a tourné au coin, j'ai traversé et j'ai pris le chemin qui mène à la rivière. Le Russe a une autre cabane là-bas, à un petit kilomètre de chez lui, où il va rêver en regardant l'eau couler. Avec les copains, on dit que c'est sa résidence secondaire. Quand il trouve qu'il y a trop de cochonneries chez lui, il ne les jette pas, il les empile sur sa charrette à bras et il va les mettre là-bas, dans sa cabane du bord de l'eau ou autour. Le fouillis, je vous raconte pas.

Abrité derrière la haie, le long de la bicoque en bois, j'ai regardé tout autour, en marchant à pas de loup. Le flic avait dit qu'ils iraient inspecter la rivière, alors il valait mieux prendre des précautions. Mais les flics, ils sont comme tout le monde, ils préfèrent rester au sec.

Heureusement, le vieux n'était pas là. On ne sait jamais avec lui, il ne fait rien comme personne. J'ai détaché le fil de fer qui lui sert de cadenas et je suis entré.

J'étais super fier de moi. J'avais eu raison de venir ici, l'endroit était génial. Si les flics arrivaient, il suffisait que je me faufile entre les vieux frigos, les caisses de plastique et les planches de bois. Ils ne me trouveraient jamais. Mais bon, l'idéal était quand même de leur faire croire que j'étais autre part. Ramper dans toutes ces cochonneries, ça ne me plaisait qu'à moitié.

Mon bas de survêt et mes chaussures étaient trempés, mais sous mon blouson, j'étais bien sec. Au moins, je n'avais pas froid. Je me suis assis sur un vieux siège de voiture que le Russe avait vissé sur le plancher. Vachement confort.

J'ai sorti mon portable de la poche de ma chemise et je l'ai allumé. J'avais déjà reçu deux textos de Simon. Il m'expliquait que la police avait rappelé deux fois ses parents, pour savoir s'ils avaient des nouvelles. Il me demandait de lui téléphoner, d'urgence.

Ça tombait bien, c'est exactement ce que j'avais prévu de faire. Je l'ai bipé. Il m'a rappelé aussi sec.

– La vache, Antoine, pourquoi t'as coupé ton portable ? Qu'est-ce que tu fabriquais ?

– Je pouvais pas faire autrement. Je te raconterai.

– Tu verrais le cirque, les flics n'arrêtent pas de nous appeler. Ils sont mal. T'es où, Antoine ? Où t'as couché ?

– Je ne peux pas te dire. Mais ça va, t'inquiète pas. Ils ne sont pas près de me trouver. Il faut que tu m'aides, Simon. Tu veux ?

– Super. Un peu que je veux.

– Tu leur as dit que j'avais un portable ?

– T'es malade toi, je suis pas un donneur.

– Et t'as pas dit à tes parents que tu m'avais parlé ?

– Je suis pas dingue.

– Bon. Tu sais ce que tu vas faire ? Tu vas dire à ta mère que tu viens de penser à un truc. Que si les flics veulent me retrouver, ils devraient commencer par essayer de m'appeler sur mon portable. File-lui mon numéro et dis-lui de le donner au commissaire.

– T'es pas bien Antoine ou quoi ? Attends, quitte pas...

J'ai entendu sa mère qui l'appelait. Il allait être en retard au collège ! J'avais complètement oublié ça. Il a crié qu'il arrivait.

– Faut que j'y aille, Antoine. Tu veux qu'on se retrouve où ?

– Nulle part, Simon. Va au collège, comme d'hab. Mais je compte sur toi. Il faut que ta mère appelle le commissaire.

– T'es sûr, Antoine ?

– Sûr.

– OK. Je te rappelle pendant l'interclasse… Attends, Antoine, tu sais qu'ils vont te repérer, avec ton portable. Tu te souviens du skieur qui s'était perdu ?

– Qu'est-ce que tu crois, gros malin ? Bien sûr que je me souviens. T'inquiète pas.

– Bon, d'accord, je préviens ma mère.

– Super. À toute.

9

Maintenant, vous avez compris pourquoi je m'étais tiré de chez moi. Avec les portables, la police peut savoir où vous êtes. Elle utilise les antennes relais ou un truc comme ça. On en avait parlé avec Simon, le jour où un skieur s'était perdu en pleine montagne. Les sauveteurs avaient réussi à savoir où il se trouvait, à cinquante mètres près.

Désormais, les policiers avaient mon numéro, ils pouvaient donc me repérer. Si j'étais resté dans la maison, ils auraient fini par deviner que j'étais caché au grenier et là, coincé sous mon toit, je vois mal comment j'aurais pu m'enfuir. Alors qu'ici je demeurais libre de mes mouvements. Il me suffisait d'ouvrir la porte pour déguerpir et me retrouver au milieu des bois. C'était quand même plus rassurant.

Mais si j'avais pensé à la cabane du Russe, c'est surtout parce qu'elle était au bord de la rivière. Et une rivière, ça doit faire réagir la police quand la vie d'un enfant est en jeu…

En tout cas, mon plan n'a pas loupé. Cinq minutes après, mon portable sonnait.

– Antoine ?

C'était une voix que je ne connaissais pas. J'ai attendu, un peu pour voir ce qu'il allait me raconter mais surtout parce que je n'étais pas rassuré.

– Tu es là, Antoine ? Réponds-moi… Écoute, je suis le commissaire Bertot et je te garantis que personne ne te fera de mal, mais réponds-moi…

J'ai pris ma voix la plus pleurnicharde.

– Je m'en fous de vous. De toute façon, vous me reverrez plus jamais. Personne me reverra plus jamais.

– Attends, Antoine. Calme-toi…

– Plus jamais !

– Écoute, Antoine, je te dis que tout va s'arranger. Tu peux me faire confiance, je suis le commissaire. D'accord, tu me fais confiance ?

Je n'ai pas répondu. Qu'est-ce qu'il croyait, lui ? Il a essayé de m'amadouer.

– Tu sais, le principal de ton collège m'a dit que tu étais un bon élève. Intelligent et tout. Antoine, faut que je sache où tu es.

– Je vous le dirai pas.

– Bon, bon… D'accord, Antoine, dis-moi au moins si tu vas bien…

C'était maintenant que je devais ruser. Pour qu'ils ne cherchent pas à repérer d'où j'appelais, il fallait les convaincre que je me trouvais dans un endroit qu'ils connaissaient par cœur. Je devais leur faire peur aussi, pour qu'ils y aillent à toute vitesse, sans se poser de questions. J'ai pris l'air épuisé.

– Non, ça va pas. J'ai rien mangé et je suis trempé…

Et là, j'ai prononcé la phrase magique. Celle que je préparais depuis des heures. Celle qui allait leur coller une frousse terrible et qui allait les diriger dans une mauvaise direction, loin de la cabane. J'ai poursuivi en gémissant :

– … En plus, y a ma barque qu'est pleine d'eau.

Le seul endroit où il y a des bateaux dans le coin, c'est à deux kilomètres d'ici, après le barrage. Dans le téléphone, j'ai entendu quelqu'un qui disait « Nom de Dieu ». Ils devaient être plusieurs à écouter, vu le remue-ménage.

– Ah bon ?... Antoine, ne fais pas de bêtises, tu m'entends ? Surtout tu ne bouges pas, hein ?

– Qu'est-ce que vous avez fait à ma mère ?

Il y a eu un silence. À mon avis, ça devait drôlement chauffer, dans la tête du commissaire. Il fallait qu'il envoie des hommes au barrage et qu'il réfléchisse à ce qu'il allait me répondre. Mais il devait être encore plus pressé que moi, il a fait vite.

– Ta maman va rentrer chez toi. Tu as ma parole, Antoine. Tu me crois ?

– J'sais pas. J'crois pas.

– Tu as ma parole de commissaire, Antoine. Ça te va ?

Ça m'allait, mais je ne lui ai pas dit. J'ai pensé à maman et à ce qu'on lui avait fait à cause des bêtises de papa. J'ai pensé que si elle ne s'occupait pas de moi, c'est qu'elle ne savait pas comment s'en sortir. Et j'ai pensé que ce n'était pas juste qu'on nous laisse tomber comme ça. Maman, elle n'y pouvait rien, et moi non plus. Alors, quand j'ai reparlé au commissaire, je n'ai pas eu besoin de faire semblant. J'en avais vraiment gros sur la patate.

– De toute façon, à quoi ça sert si elle retrouve pas son travail ? Elle ira repiquer dans les magasins et vous l'arrêterez encore une fois. Et à la fin, elle se retrouvera avec papa. Là, vous serez content, hein ?

N'empêche qu'il a eu l'air bien embêté. Il devait savoir que c'était vrai, ce que je racontais. Il a dit « Mais non, Antoine », puis « Écoute, Antoine » puis « Attends, Antoine ». Et puis après, tout à coup, il a complètement changé de voix.

– Tu sais, Antoine, c'est toi qui as raison. Ça va te paraître bizarre ce que je te dis là, mais t'as archiraison. Alors écoute-moi bien. Je te demande un quart d'heure, Antoine, d'accord ? Tu raccroches, tu ne bouges pas et je te rappelle dans un quart d'heure, pas plus, c'est promis. Et pour ta mère, je te jure que ça va s'arranger. Tu me crois ?

Honnêtement, je ne savais pas. Peut-être qu'il prévoyait que, dans le quart d'heure qui suivait, ils auraient réussi à me retrouver. Peut-être aussi qu'il ne trouvait pas normal qu'on ait traité maman comme ça.

Après tout, ce matin, les flics sur le palier, eux aussi disaient que c'était dégueulasse.

Une chose est sûre, il était super fort. Si j'avais vraiment été dans une barque remplie d'eau, je crois que je lui aurais fait confiance. Alors, bien au chaud, j'avais encore plus de raisons de le croire.

– J'sais pas. On va voir.

C'est à ce moment que j'ai commencé à avoir peur. Tout venait de se passer exactement comme j'avais espéré. C'était trop beau pour être vrai. J'ai pensé qu'un flic comme ça, ça n'existait pas. Qu'il allait essayer de me piéger. Que pour lui, je n'étais qu'un gamin et que ce qu'on raconte à un gamin, ça compte pas.

Alors, furieux contre moi et contre la terre entière, j'ai éteint mon portable, j'ai enfilé mon blouson et je suis sorti.

10

Il faut me comprendre. L'idée de rester à attendre ce coup de téléphone tout seul dans cette cabane, c'était trop dur pour moi, d'autant plus que je n'avais qu'à moitié confiance dans le commissaire. Il avait peut-être utilisé l'appel pour me localiser et, dans ce cas-là, une voiture de police débarquerait bientôt devant la porte. C'était plus prudent de m'en aller.

Et surtout j'avais besoin de respirer, de bouger. Quand vous vous terrez dans un trou, vous êtes coincé. Alors que si vous êtes dehors, vous pouvez vous échapper, même si ce n'est pas facile.

Il pleuvait toujours autant. Le sentier qui longe la rivière ressemblait à un fleuve de boue et les semelles de mes chaussures s'épaississaient à chaque pas. Quant au bas de mon pantalon, on aurait dit deux tubes en carton bouilli.

À cause de l'orage de la nuit précédente, le débit de la rivière avait gonflé. Elle avait maintenant des allures de torrent. Le niveau de l'eau parvenait presque au chemin sur lequel je marchais. Heureusement, celui-ci était entouré d'arbres qui, en plus de me cacher, me permettaient de m'accrocher quand je glissais.

Je n'aurais pas aimé faire un plongeon à ce moment. Si les policiers me croyaient dans une barque, je comprenais qu'ils soient inquiets.

J'avançais sans vraiment savoir où j'allais et, soudain, j'ai réalisé que je me dirigeais vers le barrage. À l'endroit exact où la police devait me chercher ! Voilà ce que ça donne quand on ne prend pas le temps de se calmer. On devient plus bête que le plus idiot des imbéciles.

J'ai repéré deux grands arbres un peu plus loin sur le sentier et je suis allé m'abriter dessous. Il fallait que je réfléchisse, que j'arrête de faire n'importe quoi.

J'ai essuyé l'eau qui me dégoulinait dans les yeux. Des milliers de pensées affreuses se cognaient à l'intérieur de mon cerveau. J'imaginais papa en train de jouer aux cartes avec ses copains, à la prison, sans se douter de ce qui m'arrivait. J'imaginais maman hurlant dans sa cellule au commissariat. J'imaginais Simon attendant la récré pour m'appeler, et le commissaire criant des ordres entre deux coups de téléphone.

Et c'est là que, tout à coup, j'ai compris que mon plan ne pouvait pas marcher. Que j'étais un idiot. J'ai imaginé le commissaire qui tapait sur son combiné et un film a commencé à se dérouler devant moi, comme un cauchemar :

– Allô, monsieur le maire ? disait le commissaire.

– Oui…

– Bertot à l'appareil. Ça y est, j'ai retrouvé le gamin.

– Ah bon, enfin ! Bravo commissaire, il va bien ?

Le maire, je ne l'aime pas. Je ne l'ai jamais vu, mais Simon m'a raconté. C'est un énorme type qui ne pense qu'à manger et à faire des discours où il parle de lui à la troisième personne et où tout le monde s'endort. Le père de Simon le connaît bien, c'est lui qui le soigne. Il était évident que ce gros plein de soupe se fichait de tout ça. Un enfant caché dans un bateau rempli d'eau, c'était le cadet de ses soucis. Il devait répondre tranquillement, sans s'inquiéter, entre deux bouchées de brioche. Naturellement, ça énervait le commissaire.

– Je sais à peu près où il est, c'est tout. Ce dont je suis certain, c'est qu'il est trempé, qu'il a faim, qu'il est épuisé et qu'il se cache dans une barque en train de couler.

– Qu'est-ce que vous me racontez, Bertot ? Vous plaisantez ?

Là, le maire, il avait forcément changé de couleur. Il devait avoir du mal à avaler. Alors le commissaire essayait d'en profiter, de lui faire encore plus peur :

– Je ne suis pas d'humeur à plaisanter, monsieur le maire. J'ai eu le gamin sur son portable, il ne veut rien me dire. Et des barques, il y en a cinquante ou soixante près du barrage. Sans compter que beaucoup sont amarrées au milieu de la rivière, sur un kilomètre. Le temps qu'on le trouve, il sera peut-être trop tard.

Mais le gros lard reprenait vite le dessus. Après tout, ce n'était pas son problème si l'affaire tournait mal.

– Dans ce cas, vous êtes dans de sales draps, Bertot. Vous auriez peut-être dû faire attention à ce gamin avant d'arrêter la mère, non ? Qu'est-ce que vous allez faire maintenant ?

Les gens sont souvent comme ça. C'est toujours la faute des autres.

– Moi, à part chercher le petit, je ne vois pas, répondait le commissaire. Mais vous, en revanche, vous pouvez joindre votre frère. Et le convaincre de redonner son travail à la mère du petit. C'est la seule chose qui le préoccupe, le gamin. Il sait que si elle reste au chômage, tout cela finira mal. Et je ne peux pas lui donner tort, personnellement.

Le commissaire ne pouvait qu'être d'accord avec moi, évidemment. J'avais eu raison de lui faire confiance. Mais ce n'était pas lui le chef. C'était l'autre.

– Je vous arrête tout de suite, Bertot, jamais mon frère ne reprendra la mère de ce gamin. Hors de question ! C'est racaille et compagnie, ces gens-là.

Et voilà ! C'était sûr. À cent pour cent. Maintenant, le commissaire devait regarder sa montre en se disant que c'était fichu. Malgré tout, il tentait sa dernière chance :

– Je serai peut-être dans de sales draps, monsieur le maire, mais pas tout seul. Imaginez que le gamin se noie et que les journalistes apprennent ce qui s'est passé, je n'aimerais pas être à votre place, ni à celle de votre frère. À mon avis, les clients, il ne les compterait plus que sur les doigts d'une main, dans son supermarché.

Il avait eu tort de dire cela. À peine avait-il fini sa phrase que le maire entrait sûrement dans une colère noire :

– Ça suffit Bertot maintenant. Je comprends que vous vous fassiez des reproches mais ce n'est pas une raison pour raconter n'importe quoi. Alors avant d'accuser qui que ce soit, commencez par faire votre boulot. Compris ?

Et sans attendre la réponse, le maire raccrochait au nez du commissaire.

Devant moi, sous mon arbre, la pluie continuait à exploser à la surface de l'eau. On aurait cru que quelqu'un tirait à la mitrailleuse sur la rivière.

Oui, c'était évident que ça s'était passé comme ça. Comment avais-je été assez stupide pour me croire plus fort qu'eux ? Plus fort qu'eux tous, les flics, le maire, son frère, papa, maman, Simon, tout le monde ?

11

J'ignore si c'est la lumière qui a attiré mon regard mais j'ai soudain vu briller quelque chose de l'autre côté de la rivière. Un gyrophare ! Aussitôt je me suis accroupi derrière un buisson et effectivement une voiture de police est apparue, pratiquement invisible sous les trombes d'eau.

Elle roulait doucement, sirène éteinte, sur la route qui longe la rive d'en face. Je croyais tous mes poursuivants au barrage, mais non ! Soit le commissaire avait envoyé des équipes autre part, soit ces policiers s'étaient arrêtés en y allant. M'avaient-ils repéré ? Mon cœur s'est mis à battre à cent à l'heure.

À quatre pattes, très lentement, je me suis déplacé pour me dissimuler derrière le tronc du gros arbre. La voiture continuait à avancer au ralenti. Puis, vingt mètres avant d'arriver à mon niveau, elle s'est immobilisée et un policier en est sorti. Il portait une grande cape de pluie sur son uniforme et, malgré la distance, je pouvais presque distinguer son visage, sous sa casquette.

À moins d'être doué de super pouvoirs, il ne m'avait sûrement pas aperçu, mais comment en être certain à cent pour cent ? Je me suis plaqué contre le tronc. Pourquoi s'étaient-ils arrêtés justement à cet endroit ? Est-ce qu'ils avaient un appareil spécial, capable de situer quelqu'un à distance et caché derrière des arbres ?

Pendant une seconde – mais pas plus ! – j'ai hésité à sortir de ma planque et à lever les bras en criant « Je me rends ! », histoire que tout ça finisse. Puis j'ai entendu un petit coup de klaxon et, quand j'ai penché la tête le long de l'arbre, j'ai vu un des passagers de la voiture qui faisait signe au flic de revenir. Celui-ci a secoué la tête avec dépit, il a jeté un dernier coup d'œil vers la rive et est remonté à l'arrière du véhicule, qui a redémarré, toujours aussi lentement.

J'ai poussé un long soupir de soulagement en voyant la voiture s'éloigner. Je me sentais comme assommé, épuisé par cette panique qui m'avait saisi et tenaillé tout le temps que le policier scrutait chaque centimètre carré de la berge. Soudain, j'ai pris conscience que ma disparition n'avait rien d'un jeu. Je n'étais plus un gentil petit garçon qui s'était échappé pour enquiquiner le monde mais un véritable fugitif, recherché par des dizaines de policiers. Et ceux-ci prenaient l'affaire très au sérieux.

Si le commissaire avait essayé de m'appeler et qu'il était tombé sur mon répondeur, il avait dû en déduire que ma barque s'était renversée. Autant dire que c'était sûrement l'affolement général au poste de police.

C'est bizarre comme parfois, après une intense période d'excitation, on peut retrouver son calme. Brusquement, alors que je ne m'y attendais pas, j'ai recommencé à y voir clair. J'étais loin d'avoir gagné la partie mais je ne l'avais pas perdue non plus. En tout cas, j'étais bien décidé à me battre jusqu'au bout.

J'ai observé les tourbillons à la surface de l'eau et alors que, cinq minutes auparavant, ils me terrorisaient, j'ai soudain songé que cette rivière en furie était devenue mon alliée. Si elle bouillonnait de rage, c'était à cause de ce qui m'arrivait. Elle allait leur montrer, à ces policiers, ce dont elle était capable. Elle allait leur ficher la trouille de leur vie. Elle allait leur crier : « Vous voyez, Antoine, si vous ne faites rien pour lui, moi je l'emporte comme un fétu de paille et vous ne le reverrez jamais ! » Et elle accompagnait cette menace d'explosions liquides, de grandes gerbes d'eau et de rugissements incroyables.

Une chose était certaine : je ne pouvais pas rester là. J'ai rebroussé chemin vers la cabane, réalisant que je n'aurais jamais dû en partir. Le sentier était toujours aussi boueux sous la pluie battante mais je marchais désormais de façon plus assurée. Sur ma droite, la rivière grondait, entraînant des masses d'eau brunie par la terre qu'elle arrachait aux rives. Elle fonçait en vociférant vers le barrage et vers la police, qui devait être aussi trempée que moi.

J'ai enfin atteint la cabane. J'avais l'impression de me retrouver chez moi. La différence, c'est qu'ici je n'avais rien pour me changer. Je n'étais pas beau à voir avec mes chaussures couvertes de boue jusqu'à la cheville et mon bas de survêt à tordre. Heureusement, mon blouson m'avait bien protégé et, quand je l'ai enlevé, j'ai constaté que mon pull-over était à peu près sec.

Je me suis assis sur le siège de voiture et j'ai rallumé mon portable. Aussitôt, il a affiché quatre messages d'appel.

Ils provenaient tous du commissariat. De nouveau, mon cœur s'est remis à battre à plein régime.

C'est alors que j'ai entendu du bruit, dehors, juste de l'autre côté du mur extérieur. J'ai levé la tête vers l'entrée de la cabane. La vieille poignée bougeait, comme si quelqu'un tirait dessus.

La porte, coincée par l'humidité, a vibré puis, lentement, comme dans un film policier, elle s'est ouverte.

12

Le Russe ! Immobile à la porte, ruisselant et visiblement surpris de me découvrir là. Il a froncé les sourcils, a marmonné un truc que je n'ai pas compris et, soudain, il a eu l'air de me reconnaître.

Je me suis senti nul, archinul. Non seulement mon plan n'avait pas marché, mais en plus j'étais découvert par ce vieux qui avait décidé d'aller se promener. Par un temps pareil ! C'était trop pour moi. J'ai fondu en larmes.

C'est alors que le Russe m'a fait un grand sourire.

Bien sûr, c'est aussi à cet instant-là que mon portable a sonné.

J'ai regardé le Russe en lui montrant mon téléphone avec un air un peu crétin, comme si je m'excusais.

– Antoine ?

C'était lui. Le commissaire. Même si j'avais voulu, je n'aurais pas pu prononcer un mot.

– Antoine, tu m'entends ?... C'est moi, le commissaire. Pourquoi tu avais éteint ton téléphone ? J'ai essayé de te rappeler... Tu pourras te vanter de nous avoir donné des sueurs froides... Enfin bon... Écoute, j'ai une bonne nouvelle pour toi et aussi pour ta mère. Une très bonne nouvelle. Tu m'entends, Antoine ?

Je ne serais pas fichu de préciser pourquoi, mais je ne l'ai pas senti. Une intuition peut-être. Il parlait trop et sa voix contenait quelque chose de nerveux et de trop gentil à la fois.

– Antoine, réponds-moi, s'il te plaît.

Avec la meilleure volonté du monde, j'en aurais été incapable. Et puis j'avais l'impression que si je commençais à discuter, il se mettrait à me parler sans arrêt, pour m'embobiner, comme les adultes savent si bien le faire. Ce sont les rois dans cette matière. Il a dû réaliser mon trouble parce qu'il est revenu à la charge.

– Écoute, Antoine, écoute-moi bien. J'ai eu le maire au téléphone. Son frère va redonner à ta mère son travail. Il me l'a promis. Tout est rentré dans l'ordre.

C'est ça. Et il aurait voulu que je gobe son histoire. Me faire croire qu'en si peu de temps, il avait réussi à joindre le maire et à décider son frère à reprendre maman. N'importe quoi. Il me prenait pour qui ?

– Antoine, pourquoi tu ne réponds pas ? C'est formidable, non ? Dis-moi où tu es maintenant. Et surtout ne bouge pas, nous allons venir te chercher.

Voilà ! Ce qu'il voulait, c'était savoir où j'étais. Pour que je le lui révèle, il était prêt à me raconter n'importe quoi. Même à me prendre pour un imbécile. Le salaud !

J'ai raccroché et j'ai éteint mon portable. Puis j'ai regardé le Russe qui n'avait toujours pas osé entrer, alors qu'il était chez lui. Je me suis excusé et il s'est penché vers moi en me posant une main dégoulinante sur la tête. Il m'a demandé ce que j'avais. Je lui ai répondu que les flics avaient embarqué maman.

Alors il a soupiré et s'est assis à côté de moi. Il m'a entouré l'épaule de son bras et on a regardé la rivière, tous les deux, en silence.

Au bout d'un moment, il a sans doute réalisé que quand un enfant a une grosse boule de chagrin coincée dans la gorge, le meilleur moyen de la lui ôter est de le faire parler. Il a enlevé sa casquette gorgée d'eau, et il s'est tourné vers moi.

– Raconte-moi, mon gars, raconte-moi ta sale histoire.

Le Russe m'appelle toujours « mon gars ». Il appelle tout le monde comme ça. À mon avis, c'est parce qu'il ne se souvient plus du nom des gens. Ou parce qu'il trouve cela plus pratique, je ne sais pas. En tout cas, cela ne l'empêche pas d'être sympa.

Je lui ai donc raconté. Comment je m'étais caché après avoir vu la police devant chez moi, pourquoi je m'étais sauvé, le coup de la barque et du téléphone portable, ma planque dans sa cabane, le maire, son frère et puis l'appel du commissaire, juste là.

Vous me croirez si vous voudrez, ça l'a fait rire.

Après avoir tordu sa casquette, il l'a remise sur sa tête et puis il m'a dit :

– Tu sais, mon gars, c'est drôlement fort, ça. Tu les as bien eus, pour sûr. T'as dû leur ficher une trouille terrible, ça oui.

Il a encore ri, il a passé sa grosse main sur les plis de sa joue mal rasée et il a repris :

– Mais faut que t'arrêtes maintenant. Si tu continues, c'est à toi que tu vas faire du mal.

Il a redressé un bout du grillage qui servait de fenêtre et il a poursuivi :

– Puis ce serait trop bête que t'aies fait tout ça pour rien. Tu vois, à c'te heure, ils doivent faire dans leur culotte, ces types-là. Personne n'aurait envie de perdre un petit gars comme toi. Si le commissaire t'a raconté ça à propos de ta mère, m'est avis que tu peux le croire. Tous autant qu'ils sont, ils seront bien contents de s'en sortir si facilement.

Il est drôle, le Russe. D'habitude, il ne dit jamais plus de deux ou trois mots. On croit qu'il vit dans ses rêves, qu'il ne pense qu'à autrefois. Il a l'air tellement vieux qu'on se demande toujours comment il était, quand il était jeune. Est-ce qu'il semblait déjà aussi fatigué, aussi étrange ou est-ce que c'est en vieillissant qu'il s'était mis à parler aux oiseaux et aux arbres, et à personne d'autre ? Ou presque.

Ce matin-là, j'ai compris qu'en réalité, il voyait tout ce qui se passait autour de lui, même s'il ne fait rien comme les autres. Il me parlait, et vous allez trouver ça bizarre, mais j'ai eu l'impression qu'il savait tout sur tout, qu'il ne pouvait pas se tromper. Il y a des gens comme ça, ils sont tellement silencieux que, quand ils vous parlent enfin, on a aussitôt envie de les écouter.

Quand le Russe a montré mon portable du doigt et qu'il m'a conseillé de remettre ma « machine » en route, j'ai immédiatement su qu'il avait raison.

À peine je l'ai allumé qu'il m'a affiché « cinq messages reçus ». Mais je n'ai pas eu le temps de les consulter qu'il a sonné à nouveau.

– Antoine ! Ne raccroche pas, hein. Écoute, Antoine, j'ai monsieur le maire à côté de moi. Il veut te parler. Alors tu vas l'écouter, et puis je vais te reprendre après. C'est d'accord ?

– Oui, si vous voulez.

13

À part les mots « oui » ou « non », le maire n'a pas beaucoup entendu le son de ma voix. C'est lui qui a parlé tout le temps. Il m'a expliqué que ce qui était arrivé à maman était « regrettable » et que s'il avait été informé de la situation, celle-ci aurait été « gérée de manière différente ».

Il a ajouté que, grâce à moi – oui, grâce à moi ! –, ses services avaient été « alertés de ce dysfonctionnement » et qu'il allait se charger « personnellement » de réparer cette injustice. Je pouvais compter sur lui, non seulement ma mère retrouverait son travail mais en plus, quand mon père « reviendrait à la maison », il interviendrait pour « favoriser sa réinsertion ».

Plus je l'écoutais et moins je savais quoi penser de lui. Le maire, c'est quelqu'un d'important ici. Mais comme il veut que tout le monde le sache, il se force à employer des mots que personne ne comprend, surtout à mon âge. Entre parenthèses, il a de la chance que les enfants ne participent pas aux élections parce que moi, je ne serais pas près de voter pour quelqu'un qui utilise un charabia pareil.

Et puis, ça m'énervait de l'entendre dire qu'il trouvait notre situation « regrettable ». C'est son frère qui avait renvoyé maman. Alors c'est plutôt son frère qui était « regrettable », non ?

Mais je ne pouvais pas lui répondre ça, bien sûr. Quand quelqu'un tient tellement à avoir raison, ça ne sert à rien de discuter. Après tout, si on obtient ce qu'on veut en se taisant, ce n'est pas plus mal. On se fatigue moins, en tout cas.

Comme il parlait devant des policiers, j'en ai déduit qu'il ne pouvait pas se permettre de mentir. Alors je l'ai cru. Mais j'ai été soulagé quand il m'a repassé le commissaire. Lui au moins, je comprends ce qu'il raconte.

Il a eu beau me poser la question trois fois de suite, j'ai refusé de lui avouer où j'étais caché. Je n'avais pas envie qu'ils sachent, pour la cabane. Cet endroit-là, c'est un secret entre le Russe et moi, maintenant.

Alors il a exigé de savoir si je me trouvais en sécurité ou si j'étais toujours sur la rivière. J'ai répondu que j'avais quitté mon canot, que je ne risquais plus rien et que j'étais assez grand pour rentrer seul à la maison.

J'ai senti qu'il se posait des questions sur cette histoire de barque mais il s'est montré beau joueur car, sur ce point-là, il n'a pas insisté. Ça valait mieux pour moi. S'il m'avait demandé sur quel type de bateau je m'étais réfugié, l'endroit exact où je me situais ou une autre question à laquelle je n'avais pas pensé, il aurait vite deviné la vérité.

Il m'a annoncé qu'une de ses équipes était en train de raccompagner ma mère, qu'elle était impatiente de me retrouver et que ce ne serait pas gentil de la faire attendre.

Mais c'est à la fin qu'il m'a sidéré. L'air de rien, il m'a glissé :

– Antoine, maintenant qu'on se connaît un peu mieux, je sais que je peux compter sur toi et j'ai une chose à te demander.

Son ton hésitant m'intriguait.

– C'est quoi ? j'ai questionné, en regrettant aussitôt mon impolitesse.

– Nous avons averti ta mère de ta fugue, bien sûr. Mais nous ne lui avons pas parlé des risques que tu as pris pour elle. Tu nous as fait très peur, tu le réalises ?

– Je ne sais pas, j'ai répondu.

Tu parles ! Bien sûr que je savais. Ce n'est pas par hasard que j'avais inventé ma « promenade » en bateau.

– Si elle était au courant, elle s'en voudrait sûrement beaucoup et je crois que nous pouvons lui épargner ça. Maintenant qu'elle a retrouvé son travail et que cette affaire se termine bien, je te propose que nous gardions ce petit secret entre nous.

C'était la meilleure !

Si je n'avais pas été très honnête avec lui, il ne valait pas mieux que moi. Car c'était surtout pour lui que l'affaire se terminait bien !

J'ai failli lui jeter à la figure qu'avant d'arrêter ma mère, il aurait mieux fait de réfléchir un peu. Mais bon, vous voyez un enfant de douze ans balancer ça à un commissaire de police ?

J'ai finalement pensé que ce serait idiot d'en rajouter. Au lieu d'être condamnée pour sa bêtise, maman se retrouvait libre et avec son travail. C'était pas mal, non ?

Mais je n'ai pas pu m'empêcher de lui faire une réflexion :

– Ne vous inquiétez pas. Si elle peut croire que vous aviez envie d'être gentil avec elle, j'aime autant. Ce n'est pas souvent que ça lui arrive.

Il a un peu grommelé et, plutôt que répondre, il a changé de sujet.

– Une dernière chose, Antoine. Il n'est pas question que je t'embête en venant chez toi mais je dois vérifier que tu es bien rentré. Alors je veux que tu te signales aux agents stationnés dans notre véhicule, devant ta maison. On est d'accord ?

J'ai dit oui. Et pour la première fois, j'ai raccroché avec le sourire aux lèvres.

C'est drôle, les coïncidences. Comme par magie, la pluie a soudain cessé et le soleil a risqué le bout de son nez entre les nuages. Il se reflétait sur les remous de la rivière, on aurait juré que celle-ci jetait des milliers d'éclats de rire vers le ciel.

J'ai raconté au Russe ce qui venait de se passer avec le maire et le commissaire. Il m'a regardé avec un drôle d'air et il m'a juste soufflé :

– Tu vois, je te disais que ça allait s'arranger. Avec certaines personnes, on sait toujours comment ça va se finir.

Je me sentais épuisé. J'avais les muscles en compote et le cerveau dans les chaussettes. Si je m'étais allongé, je suis sûr que je me serais endormi dans la seconde. Le Russe s'est alors penché vers moi et il m'a glissé :

– Ça va mieux, pas vrai ?

J'ai juste hoché la tête.

– Alors, tu sais ce qu'on va faire, mon gars ? il a ajouté. Eh bien, je crois que je vais te raccompagner chez toi.

Il n'aurait pas pu me faire plus plaisir.

– Je peux vous appeler Alexandre ? j'ai demandé.

– Bien sûr, il a rigolé.

– Bon, dans ce cas, vous pouvez m'appeler Antoine.

– C'est d'accord, mon gars, il a fait.

Quand on est sortis, le ciel, vidé des millions de litres qu'il nous avait déversés sur la tête, retrouvait doucement sa bonne humeur. Il bleuissait à vue d'œil. Mais le sol et les arbres ne s'étaient pas encore remis de son coup de colère. Les branches ressemblaient à des robinets qui fuient et on avait l'impression de marcher sur une éponge.

– Écoute, m'a soudain averti Alexandre, un doigt en l'air.

J'ai levé les yeux vers lui, en me demandant ce qu'il allait m'annoncer. Et puis il a tendu la main vers un buisson.

– Ça, c'est une mésange charbonnière. Elle est contente parce qu'elle vient de prendre une bonne douche mais elle aussi, elle n'est pas fâchée que ça soit terminé. Alors elle zinzinule.

– Elle zinquoi ?

– Elle zinzinule. On ne vous apprend pas à parler la langue des mésanges, à l'école ?

J'ai rigolé :

– Non.

– Je t'apprendrai, si tu veux.

– Je veux bien.

Il a continué à avancer, comme s'il s'était mis à penser à autre chose. Il fixait ses gros godillots de cuir qui passaient l'un devant l'autre, en prenant soin de ne pas éviter les flaques.

– À mon âge, il a repris, on finit par savoir beaucoup de choses. Et on se rend compte que si on n'en parle à personne, ce sera perdu pour tout le monde. C'est dommage, tu trouves pas ?

– Si.

Je me préparais déjà à une nouvelle leçon sur les oiseaux. C'était mal connaître Alexandre.

– Tes parents par exemple. Tu entendras des gens les critiquer, t'affirmer qu'ils ont fait de grosses bêtises et qu'ils méritent ce qui leur arrive. Mais est-ce qu'ils ont mérité ce qui leur est arrivé *avant* de faire ces bêtises ? Ces gens qui se croient les plus forts, ils feraient quoi si on leur enlevait leur travail et qu'ils n'avaient plus rien pour vivre ?

Je me suis souvenu du jour où le principal, monsieur Vernet, m'avait appelé dans son bureau. Il disait presque la même chose.

Le Russe continuait à pousser ses grosses chaussures dans les mares d'eau. Il semblait perdu dans ses pensées. J'avais l'impression qu'il parlait tout seul, comme s'il réfléchissait à haute voix.

– En général, y a un bon système pour éviter de raconter n'importe quoi. Il suffit de se mettre à la place des autres. Mais ça, les gens évitent soigneusement de le faire. Jusqu'au jour où le ciel leur tombe sur la tête. C'est bizarre, il faut ça pour qu'ils comprennent.

Il marchait toujours, tête penchée en avant.

– Faut reconnaître que c'est sans doute plus facile pour moi de comprendre. Moi aussi, j'ai fait des bêtises. Alors...

Je l'ai interrompu.

– Quel genre de bêtises ?

Il s'est tourné vers moi, l'air presque surpris de me trouver à ses côtés. Il a hésité un peu et il a souri.

– Un genre dont je n'ai pas envie de parler un beau jour comme ça, alors que tu vas retrouver ta mère et qu'elle doit être drôlement impatiente de te revoir.

On était presque arrivés chez lui et donc à côté de chez moi.

– Je vais te laisser là, m'a lâché le Russe de sa grosse voix douce. J'ai un peu de bricolage à faire.

Et un peu de rangement, j'ai pensé en voyant tous les trucs qui traînaient dans son jardin. Mais ça, je l'ai gardé pour moi.

– Je pourrai retourner vous voir, près de la rivière ? j'ai demandé.

– Quand tu veux. La porte t'est grande ouverte. Et même si elle est fermée, tu sauras te débrouiller, pas vrai ?

Il rigolait encore de sa réponse en décrochetant la grille rouillée de son jardin.

14

Quand je suis arrivé devant la maison, j'ai aussitôt remarqué les deux types dans la voiture stationnée le long du trottoir d'en face. Ils ont levé la tête et m'ont suivi de leurs gros yeux de policiers. Je leur ai fait un petit bonjour et, sans attendre, j'ai grimpé les marches de chez moi. Il y avait plus d'une journée que je n'étais pas rentré avec ma clef.

J'ai à peine parcouru un mètre dans le couloir que maman s'est jetée sur moi.

Elle m'a serré dans ses bras en respirant très fort et elle m'a murmuré à l'oreille : « Si tu savais comme tu m'as manqué, qu'est-ce que je serais devenue sans toi ? ».

Puis elle m'a embrassé sur les joues, sur les yeux, elle a plongé la tête dans mes cheveux et dans mon cou. Vous, bien sûr, ça doit vous paraître normal après une histoire comme ça. Mais moi, c'était la première fois de ma vie que j'entendais ces mots-là. J'ai eu beau me mordre la langue et les lèvres, je me suis à nouveau mis à ressembler à une vraie fontaine. Ça devenait une habitude. Je sais que ça fera rigoler Simon, mais sincèrement, je suis sûr qu'il n'aurait pas fait mieux à ma place.

Ensuite, maman m'a raconté qu'elle avait rencontré le commissaire. Puis le frère du maire, qui avait décidé de lui redonner son emploi. Qu'ils avaient été vachement sympas. Qu'elle avait été drôlement étonnée parce qu'elle s'attendait au pire. Qu'elle avait beaucoup pleuré en se demandant ce que je deviendrais si on la gardait enfermée plus longtemps. Mais que c'était fini maintenant : tout allait redevenir comme avant.

Elle parlait tellement vite que je n'arrivais pas à placer un mot. Et puis soudain, elle s'est un peu écartée de moi, elle a écarquillé les yeux et elle m'a lancé :

– Mais tu as vu dans quel état tu es ! Où est-ce que tu étais passé ?

– Le long de la rivière. J'ai trouvé une cabane où je me suis abrité.

– Abrité ? Tu es trempé ! Et tu as dormi comme ça ?

– Non, j'ai dormi ici.

– Ne me raconte pas d'histoires, Antoine. La police m'a certifié qu'elle avait fouillé la maison.

– La maison, oui. Mais pas le grenier.

Elle s'est immobilisée et m'a fixé comme si elle ne m'avait jamais vu de sa vie. De nouveau, elle se demandait comment elle avait pu fabriquer un enfant comme moi. J'ai compris qu'elle hésitait sur la conduite à tenir.

– Bon, elle a finalement conclu, maintenant que tu as bien fait le malin, tu vas prendre un bain.

C'était trop drôle. À l'entendre, on aurait cru que c'était moi qui avais fait quelque chose de mal.

Bientôt, quand on reparlerait de cette histoire, elle me dirait sans doute que j'étais un peu jeune pour être recherché par la police. Et quand papa serait mis au courant, je pouvais parier que j'aurais droit à un :

– Tu ne nous refais jamais ça, Antoine. C'est promis ?

Parce qu'ils sont comme ça, mes parents. Mais c'est justement pour cette raison que je les aime.

ÉPILOGUE

Le lendemain, alors que j'espérais m'offrir une grasse matinée bien méritée, maman a débarqué dans ma chambre à huit heures. Elle a ouvert les rideaux en grand et m'a lancé :

– Debout ! Il fait un temps magnifique et on va voir ton père.

– Aujourd'hui ? j'ai grogné en ouvrant un œil maltraité par la lumière du jour.

– Tu ne crois pas qu'il a envie d'apprendre la bonne nouvelle ?

– Laquelle ?

Je pensais qu'elle parlait de mon retour à la maison, moi le héros qui avait damé le pion à la police.

– Enfin Antoine ! Je te rappelle que lundi, je recommence à travailler. Ça ne te suffit pas, comme bonne nouvelle ?

Si, bien sûr, même si j'avoue que le héros était un peu vexé. En même temps, ça me rassurait. Je me voyais mal expliquer devant maman mon rôle auprès du maire et son frère.

Quand nous sommes arrivés au parloir du centre de détention, il y avait foule. Nous avons dû attendre au moins vingt minutes qu'une cabine se libère. Maman bouillait d'impatience. Puis papa est finalement entré par la porte en acier du fond de la salle et nous a rejoints dans l'isoloir. Il arborait un grand sourire en s'asseyant.

– Ça tombe bien que vous soyez venus aujourd'hui. Je…

– Tu sais qu'on en a une belle à t'apprendre ? l'a aussitôt interrompu maman, qui s'était levée et qui piétinait, comme sur des charbons ardents.

– C'est quoi ? a répondu papa, un peu inquiet.

– Figure-toi que lundi, je retravaille !

Il a écarquillé les yeux.

– Sans blague ?

Il avait l'air sidéré, tellement incrédule que je me suis demandé ce qui lui arrivait.

– Eh oui ! Sacrée surprise, non ? a lancé maman, ravie par sa réaction.

Sans attendre une seconde, elle a commencé à lui raconter l'affaire. Ou du moins *sa version* de l'affaire ! Elle lui a expliqué qu'elle avait rencontré le commissaire, qu'elle lui avait parlé du désarroi dans lequel elle se trouvait. Elle avait été étonnée de découvrir quelqu'un d'aussi compréhensif. Ému par son exposé, il était intervenu auprès du maire et de son frère. Mais elle avait passé des moments éprouvants, d'autant plus que je n'avais rien trouvé de mieux que m'enfuir de la maison pour « aller vivre ma vie ». Elle s'était fait un sang d'encre.

– Je ne sais même pas où il a dormi, tu te rends compte !

Papa m'a jeté un regard noir, il a froncé les sourcils et j'ai cru qu'il allait me passer un savon. Je me suis fait tout petit. Par chance, maman était lancée et elle a enchaîné. Son flot de paroles était tel qu'il me rappelait la rivière en crue.

La nuit qu'elle avait passée au commissariat lui avait paru interminable. Mais heureusement, le commissaire était revenu la voir le lendemain matin, il avait tout arrangé et maintenant, ils étaient copains comme cochons !

Quand elle a cessé de parler, papa nous a regardés. Et il a éclaté de rire.

– Eh bien ça, c'est la meilleure !

Maman et moi l'avons fixé sans comprendre. Il a poursuivi :

– Parce que moi aussi, j'en ai une bonne à vous apprendre.

Il a attendu un peu, histoire de faire monter le suspense, et il a repris.

– Il y a une quinzaine de jours, le gardien-chef a appris que j'étais doué en métallerie et en soudure, il en a parlé au directeur qui m'a chargé de réparer le clapet de fermeture d'une des grilles. Quand j'ai examiné le système, j'ai tout de suite vu que c'était nul. Il y a vingt ans qu'on ne fait plus des bazars pareils. Alors j'ai mis au point un dispositif qui bloque la serrure dès que la porte se ferme. Ils n'ont plus besoin d'utiliser la clef, sauf pour ouvrir, bien sûr. J'avais travaillé sur un truc du même genre chez Metalica.

Le directeur était sidéré. Il en a discuté avec des collègues à lui et maintenant, ils voudraient que j'installe ça partout.

– Génial ! j'ai lancé.

– Oui, sauf qu'ils n'ont pas vraiment envie que j'explique aux autres détenus comment ça marche. Du coup, on m'a proposé une remise de peine si j'acceptais de prendre en charge ce chantier, ici mais aussi dans d'autres prisons.

– Ça veut dire que tu vas revenir à la maison ?

– Oui. Dès que l'administration aura donné son autorisation. Et qu'on se sera mis d'accord sur les prix, bien sûr !

Maman, qui était restée debout, s'est assise, les jambes coupées par l'émotion. Elle qui avait tant parlé ne pouvait plus prononcer un mot.

Quant à papa, j'ai remarqué que la lueur avait recommencé à pétiller dans ses yeux, comme avant. J'ai pensé à l'escalier qui brillait sur l'étagère de ma chambre et j'ai observé les mains de mon père. À l'idée de se remettre au travail, elles s'agitaient déjà, comme deux poissons d'argent.

Le dimanche, veille de mon retour au collège, Simon est passé chez moi. Il n'en pouvait plus d'attendre que je lui raconte mon escapade. Comme il faisait toujours beau, on est sortis et on s'est dirigés vers la rivière. L'idée de retrouver la cabane sous le soleil me plaisait bien. On marchait tranquillement sur le chemin qui longe l'eau et quand je lui ai expliqué comment j'avais envoyé la police naviguer sur la rivière, il s'est gondolé.

– Trop fort !

Tous les deux, on imaginait les types en train de ramer d'un bateau à l'autre sous la pluie battante et on était pliés.

– Mais tu as dû avoir la trouille, non ?

– Plutôt. Et pas qu'une fois.

Alors je lui ai parlé du policier devant chez moi, celui avec un flingue, de monsieur Vernet qui les avait enguirlandés, des coups de fil avec le commissaire et de la patrouille de flics qui m'avait donné envie de me rendre. Je lui ai aussi parlé d'Alexandre et de sa surprise quand il m'avait découvert dans sa cabane.

– Le Russe ? a bondi Simon. Mais qu'est-ce qu'il t'a dit ?

– Il m'a appris à zinzinuler.
– À quoi ?
J'ai essayé d'imiter le cri de la mésange et Simon a de nouveau explosé de rire.
– C'est toi qui es complètement zinzin, Antoine !
Finalement, on a poussé jusqu'au barrage, on s'est assis sur le débarcadère en bois et on a passé la fin de l'après-midi à regarder les bateaux danser dans les remous, là où la police m'avait cherché.
Je vous raconte pas comment on s'est marrés.

Naturellement, quand je suis revenu au collège, je m'attendais à ce que le principal me convoque à un moment ou à un autre.
Ça n'a pas manqué. À la fin du premier cours, j'ai vu le prof de français se tourner vers l'entrée de la classe et j'ai aperçu monsieur Vernet qui pointait le nez à la porte. Il avait sa tête des mauvais jours. Il a balayé la classe d'un long regard sévère, est parvenu à moi et m'a fait signe de le suivre. De nouveau, je n'en menais pas large.

Jusqu'à ce qu'on arrive à son bureau, il n'a pas prononcé un mot. Mon sang commençait à charrier un flot de glaçons.

On est entrés et, comme la fois précédente, il s'est assis à côté de moi. Il m'a laissé mariner une minute – c'est drôlement long une minute – et, soudain, il m'a lancé :

– Alors, raconte.

– Euh… j'ai répondu. Raconter quoi ?

– Eh bien, je te rappelle que tu as été absent la semaine dernière. J'ai donc droit à des explications, non ? Où étais-tu passé ?

Je me suis liquéfié. Je savais que monsieur Vernet était intervenu puisque je l'avais vu devant chez moi, en train d'enguirlander la police. Mais je n'étais pas censé être au courant. Et s'il y a une chose à laquelle je n'avais pas songé, c'était de demander un mot d'excuse à maman.

J'ai bredouillé :

– Euh, ma mère a eu des ennuis avec la police et, euh… je suis parti de chez moi.

– Et où es-tu allé ? Chez un copain ?

J'ai pensé qu'il cherchait à me tirer les vers du nez, qu'il supposait que je m'étais caché chez Simon. Je ne pouvais pas le laisser soupçonner une chose pareille. Alors comme la police avait gobé mon histoire, j'ai recommencé.

– Non, vers la rivière... euh... Je me suis caché sur un bateau !

– Ah bon ! Avec cette pluie ? Tu te rends compte de ton imprudence ? Tu aurais pu te noyer.

J'ai fixé le bout de mes tennis. Je préférais ne pas répondre. Quand j'ai relevé la tête, j'ai cru le voir esquisser un sourire. Ça n'a duré qu'un millième de seconde. Mais je m'étais peut-être trompé. Comme je vous l'ai déjà dit, les sourires, c'est pas son truc, au principal. J'aurais dû me méfier. Il a repris :

– J'ai eu le commissaire au téléphone. Tu sais que tu as fait une peur bleue à tout le monde ?

J'ai marmonné quelque chose qui ressemblait autant à un oui qu'à un non. Il a poursuivi :

– Je reconnais qu'ils auraient pu s'y prendre autrement avec ta maman et, si j'avais été à ta place, j'ignore comment j'aurais réagi. En tout cas, je suis content que cette affaire se termine bien et que tu sois de retour parmi nous. Comment te sens-tu ?

– Ça va, ai-je répondu sobrement, croyant que j'étais sorti d'affaire.

Il s'est levé et a regagné sa place de l'autre côté du bureau.

– Alors continue comme ça. Si tu travailles bien, tu seras toujours gagnant. Tu peux retourner en classe maintenant.

Rassuré, je me suis levé à mon tour, j'ai ouvert la porte et j'allais m'éloigner quand il m'a lancé :

– Ah, j'oubliais, Antoine. Tu diras bonjour à Alexandre de ma part.

– À qui ? j'ai bredouillé.

– Alexandre, celui que vous surnommez le Russe. Autrefois, il était jardinier et je l'ai bien connu à cette époque. Je l'ai rencontré hier et on a un peu discuté ensemble. J'ai cru comprendre que tu étais copain avec lui.

J'ai senti que je piquais un fard terrible.

– Mais ne t'inquiète pas, il a repris, je garderai cette histoire pour moi. C'est mieux comme ça, non ?

Je me suis contenté de hocher la tête et cette fois, j'ai vu qu'il rigolait carrément.

Au bout du compte, je n'étais pas mécontent de moi. Parce que faire rire monsieur Vernet, je vous garantis que ce n'est pas à la portée de tout le monde.

L'AUTEUR

Contrairement à ce que ses origines corses laisseraient supposer, **Rémi Stefani** est né à Cherbourg, près d'une de ces grandes plages qu'il affectionne. Si son personnage Antoine est enfant unique, Rémi, lui, n'a rien d'un solitaire. En plus de ses deux enfants, il a en effet trois sœurs, six frères et une famille aux ramifications innombrables comme on les aime sur l'île de Beauté.
Rémi Stefani a longtemps travaillé dans la publicité et vous avez certainement vu l'un des nombreux films qu'il a conçus. Ce métier, où il s'exprimait en quinze ou trente secondes, explique qu'il ait souhaité inventer des histoires à la fois plus personnelles et plus longues.
Rémi Stefani habite à Saint-Cloud. Il consacre désormais tout son temps à l'écriture de romans, de scénarios et de chansons.

Prix des Embouquineurs 2013-2014
Prix Enfantaisie 2014

Voici les deux premiers chapitres de
500 000 euros d'argent de poche,
une autre aventure policière
signée Rémi Stefani.

1

J'habite une maison le long de la Moselle. Une petite maison tout ce qu'il y a de plus normale. Enfin, normale en plus moche, dit mon copain Louis pour m'énerver. Il a presque la même à cent mètres de chez moi. Mais lui, ses parents appartiennent au genre maniaque.

Dès qu'ils aperçoivent une crotte de pigeon sur un rebord de fenêtre, ils repeignent la façade entière. Et chaque soir, ils passent la tondeuse sur le gazon et finissent les bordures avec une paire de ciseaux. Alors forcément, on ne peut pas lutter.

Chez moi, on a une façon très différente de jardiner. Une fois par an, mon père sort en levant les bras au ciel et en criant

« Allez, au boulot ! ». Puis, armé d'une serpe et d'une grosse scie, il taille à la va-vite toutes les branches qui dépassent et il les rassemble en un gros tas qu'il transporte contre le mur du fond.

– Tu verras, Aurélien, me dit-il, dans quelques années, ça nous fera un terreau génial.

En attendant, ça s'entasse tous les ans un peu plus haut. Remarquez, je ne vois pas ce qu'il ferait de son terreau, vu que le jardinage et lui, ça fait deux. Les spécialités de mon père, c'est le foot et les copains. Et croyez-moi, ça ne lui laisse pas beaucoup de temps pour rempoter des plantes.

⊙

Donc, il y a la maison, puis le jardin et, derrière le gros tas de cochonneries du fond, il y a la rivière. Et juste entre elle et le mur d'enceinte de notre terrain, il y a le sentier de randonnée. C'est là, à une dizaine de mètres de notre porte, qu'on a trouvé le type.

Raide mort.

Criblé de balles.

Et pas beau à voir.

Il n'était pas encore sept heures quand un jogger a découvert le corps. Comme il n'arrêtait pas de le répéter après, ça lui avait fichu un choc. C'est bien fait, ça lui apprendra à aller courir si tôt. Entre parenthèses, ce n'est pas à moi qu'un truc pareil arriverait. Moi, à sept heures, ma mère monte me réveiller pour la troisième fois. En général, c'est à ce moment-là qu'elle me dit :

– Je te préviens, Aurélien, je ne monterai pas une quatrième fois. Si tu es en retard, ne compte pas sur moi pour t'écrire un mot d'excuse. Et ne fais pas de bruit en descendant, y a ton père qui dort.

Comme fainéant, il se pose là, lui aussi. Après ça, ses copains s'étonnent qu'il soit tout le temps en forme, qu'il passe sa vie à rigoler. Avec ce qu'il roupille, il ne manquerait plus qu'il soit fatigué ou de mauvaise humeur. Maman prétend que je tiens de lui :

– Bonne nature, un peu marmotte sur les bords, c'est bizarre que tu n'aimes pas le foot.

Faut croire que je tiens aussi d'elle, un peu.

Bref, exceptionnellement ce matin-là, papa s'est levé tôt. Maman s'était approchée du lit et, doucement, elle lui avait touché l'épaule.

– Benoît !

– Mouais...

– Benoît !!!

– Mouais... quelle heure c'est ? avait-il gémi.

– Sept heures.

Il avait soupiré en se retournant.

– Quoi ? Quesquignia ?

– Y a un mort sur le chemin. C'est un crime !!! Madame Justin est venue me prévenir.

Mme Justin, c'est notre voisine. Quand il se passe quelque chose d'horrible à cinq kilomètres à la ronde, elle est au courant avant tout le monde. À mon avis, elle a un radar greffé dans le cerveau ou des antennes spéciales, celles qui captent uniquement les mauvaises nouvelles.

Si une voiture se fait écrabouiller par un bus ou si un pêcheur se noie dans la Moselle, vous aurez droit aux détails les plus précis, l'œil arraché, les doigts écrasés par le volant ou le visage violacé du cadavre. Un enfant ne l'intéresse que s'il vomit ou a la diarrhée.

Mme Justin, c'est la championne du désastre et de la catastrophe réunis. C'est simple, vous l'écoutez une heure et vous avez l'impression d'avoir regardé un an de journal télévisé.

Donc, trente secondes après avoir sauté du lit, mon père avait enfilé son jogging et avalé son café. Il m'a rejoint au fond du jardin, m'a ordonné de ne pas bouger et est sorti sur le chemin où la police venait d'arriver.

– S'il vous plaît, monsieur, on n'approche pas, lui a intimé un agent.

– J'habite à côté. Juste là. Je me suis dit que je pouvais peut-être être utile…

– Vous habitez là ? Vous avez entendu quelque chose ?

– Euh, effectivement, j'ai l'impression que…

Tu parles ! Avec son sommeil de plomb, je me demande ce qu'il aurait remarqué. Il rêvait au dernier but de l'Inter de Milan, plutôt. Oui, c'est ça, il avait confondu.

C'était pas un coup de feu, c'était un coup franc. Quand il s'agit de jouer les malins, mon père est toujours partant. J'ai eu honte pour lui.

– Bon, restez là. Le commissaire vous interrogera quand il aura fini.

Content de lui, papa a bombé le torse et s'est approché, histoire de ne pas en perdre une miette. Il faut avouer que ça valait le déplacement. La flaque de sang mesurait un bon mètre de large.

– Ils risquaient pas de le louper, a dit le commissaire à son adjoint. T'as vu le carnage ! À propos, qui est-ce qui a prévenu les journalistes ?

– Une voisine, je crois. Celle qui nous a appelés.

– C'est pas vrai, ces pipelettes !

Le portable d'un jeune flic a sonné. Il a décroché et a commencé à noter des trucs sur son carnet. Quand il a fini sa conversation, le commissaire a ouvert le permis de conduire qu'ils avaient trouvé dans la poche du mort.

– Alors ils racontent quoi au central sur notre… Arnaud Lebrun.

– L'adresse est bonne. 27 quai Doumergue. Il est comptable et travaille à son domicile.

– Comptable ? Mais qu'est-ce qu'un comptable fichait ici en pleine nuit ?

– Son jogging, peut-être, a répondu le jeune en rigolant.

– Très drôle, a répliqué le commissaire.

Le jeune, un blond avec une grande mèche sur le front, a eu le même air que moi quand un prof me prend à raconter une blague en classe.

À ce moment, mon père, qui regardait toujours, s'est légèrement décalé sur la gauche, en plein entre le cadavre et moi. Je n'y voyais plus rien. Je me suis déplacé sur le tas du fond, en faisant le moins de bruit possible. Et bien sûr, j'ai glissé. J'ai senti mon corps s'enfoncer dans les branchages, jusqu'aux genoux.

C'est un objet rectangulaire, sur lequel j'ai posé le pied, qui m'a empêché de descendre plus bas.

En m'accrochant aux pierres du mur, je suis remonté. J'ai passé la tête, discrètement. Personne n'avait rien entendu.

Alors, j'ai regardé vers le bas.

Et c'est là, au milieu des branches, que j'ai aperçu la sacoche.

2 

C'était une sorte de cartable, pas très grand mais épais. Et marron foncé. Je ne l'aurais jamais vu si je n'avais pas mis le pied dessus. Ça m'a fait un tel choc que je me suis senti rougir.

Cette sacoche paraissait toute neuve, elle n'était pas là depuis longtemps et elle n'était pas arrivée sur le tas du fond par hasard. Elle avait forcément quelque chose à voir avec le type, allongé de l'autre côté du mur. C'était sûr. À cent pour cent.

Vous, qu'auriez-vous fait à ma place ? Vous vous seriez baissé, vous auriez ramassé la sacoche et vous auriez crié aux policiers : « Venez voir, j'ai trouvé quelque chose ! ». Non ?

Eh bien, c'est exactement comme ça que j'ai réagi. Je me suis allongé sur le tas en m'écorchant le visage aux branches, j'ai tendu le bras le plus possible et, du bout des doigts, j'ai attrapé la poignée de la sacoche. Et puis là, je ne sais pas ce qui m'a pris. J'avais la poignée dans la main, j'allais me redresser et crier quand je me suis immobilisé.

Pourquoi ? Va savoir ! Il y avait sans doute trop de pensées qui me traversaient la tête. J'ai songé à ce qu'il pouvait y avoir dans cette sacoche. Ça m'intriguait.

Je me suis aussi demandé ce qui se passerait si je gardais tout ça pour moi et comme je n'ai pas trouvé de réponse, j'ai décidé que ça valait le coup d'attendre, pour y réfléchir. Après tout, qu'est-ce que ça changerait que je leur annonce ma trouvaille maintenant ou plus tard ?

Enfin, je me suis dit que papa serait furieux si c'était moi qui devenais le héros de la journée. Il avait l'air tellement heureux d'être aux premières loges, je ne voulais pas le décevoir.

Alors, l'air de rien, j'ai laissé retomber la sacoche. Il faisait beau, elle pouvait bien attendre ce soir. Je n'allais pas risquer de me faire surprendre avec ça, il y avait trop de monde autour. Pour dire la vérité, j'ai même placé quelques petits branchages dessus, pour la dissimuler encore mieux.

Celui que je craignais le plus, à ce moment, c'était Bidouille. Notre chien. Il passe ses journées à fouiner dans le jardin et, comme dit papa, si la moitié des gens étaient aussi intelligents que lui, le monde irait drôlement mieux. Bidouille est un bâtard. Et même un croisement de bâtards, affirme fièrement papa. C'est pour ça qu'il est si malin.

Mon père a horreur des chiens pure race. Pour lui, ils ont tous un petit pois dans le cerveau.

Un jour, quelqu'un lui a dit :

– Oh, il est marrant votre chien, c'est un jack-russell ?

Papa était vexé comme un pou. En tout cas, maintenant, je sais à quoi ressemble un jack-russell.

À Bidouille.

Ce qui m'a rassuré, c'est que Bidouille n'aime pas le tas de branches du fond du jardin. Il se prend les pattes dedans alors, il évite.

Quand il y va, c'est pour faire pipi dessus, histoire de se venger sans doute.

Bref, quand j'ai repassé le visage par-dessus le mur, le cœur battant à toute pompe, un des policiers parlait à l'oreille du commissaire.

Celui-ci a regardé papa, l'air soupçonneux, et s'est approché de lui.

– Bonjour, alors, vous habitez juste à côté ? Il paraît que vous avez remarqué quelque chose ?

– Moi ? Euh, j'ai eu l'impression, oui, mais vous savez, dire exactement...

– C'était quelle heure ?

– Ben, euh, je ne sais pas vraiment. J'imagine, euh, entre deux et quatre heures. Quoique, peut-être cinq ou six. Quand on dort, hein, c'est difficile de savoir. J'ai pas regardé ma montre...

– Mais ça vous a réveillé ? Quatre coups de feu, ça doit s'entendre, non ?

– C'est sûr... euh... Ils avaient peut-être des silencieux...

Pitoyable. Je l'aurais parié. Le commissaire s'est tourné vers son jeune collègue, il l'a interrogé du regard et comme l'autre n'a pas pipé mot, il est revenu vers papa.

– Bon, eh bien merci. Grâce à vous, on a rudement avancé. On vous rappellera si on a besoin de vous.

Il ne lui a même pas demandé son nom. C'est tout dire.

Trois minutes après, deux autres policiers en uniforme sont arrivés avec un brancard, ils ont posé le corps dessus et ils se sont tous envolés comme des moineaux.

Et moi, j'ai commencé la plus longue journée de ma vie.

Retrouvez tous les titres de la collection Heure noire

sur **www.rageot.fr**
et **www.livre-attitude.fr**

PAPIER À BASE DE FIBRES CERTIFIÉES

RAGEOT s'engage pour l'environnement en réduisant l'empreinte carbone de ses livres. Celle de cet exemplaire est de :
159 g éq. CO_2
Rendez-vous sur www.rageot-durable.fr

Achevé d'imprimer en France en août 2014
par l'imprimerie Hérissey à Évreux.
Couverture imprimée par Boutaux (28)
Dépôt légal : septembre 2014
N° d'édition : 6161 - 01
N° d'impression : 123048